CLARA FELDER

AF285682

„DAS SCHWÄCHSTE GLIED"
EINE GESCHICHTE AUS DEM LEBEN

Ein Mädchen, Jahrgang 1961, wird arglos hineingeboren in die DDR und versucht, sich darin einzurichten. Ihr Ehrgeiz läßt sie alles ausprobieren, was die Gesellschaft an weiblicher Gleichberechtigung verspricht: Abitur, Studium, Hochzeit, zwei Kinder, ein Streßberuf. Alles scheint gutzugehen, das innere Unbehagen beachtet sie nicht weiter. Dem wachsenden Druck, der immer deutlicher werdenden Schieflage in der Gesellschaft begegnet sie, indem sie „ihre" Krankheit entwickelt: den Alkoholismus. Zur Wendezeit verliert sie auf der ganzen Linie den Boden unter den Füßen: Die Ideologie erweist sich als untauglich, einen religiösen Glauben hat sie nicht. Das Land zerbröckelt, die Ehelüge läßt sich nicht mehr aufrechterhalten, sie hängt endgültig an der Flasche.
Trotzdem steht am Ende Hoffnung.

Die Autorin:

Clara Felder ist ein Pseudonym.
Es gehört zu einer Autorin Anfang vierzig, die ihre Freiheit und Zurückgezogenheit über alles liebt. Neben der Geburt ihrer beiden Kinder ist für sie der Tag im Leben am wichtigsten, an dem sie das erste Glas stehen lassen konnte. Inzwischen ist das ihr eigentlicher Geburtstag: der 27. September 1994. Damit fing ein völlig neues Leben an, und Clara glaubt, es hat genau so kommen müssen. Denn zuerst kam die Kapitulation vorm Alkohol, dann alles andere: Frieden in der Familie, eine liebevolle Partnerschaft, Erfolg in ihrem kreativen Beruf. Irgendwann las Clara das Buch einer anderen Autorin, die über Alkohol und Trockenwerden erzählt hat. Nun ist die Reihe an Clara, und sie wünschte sich, es möge jemand anderem nützen.
Und wenn es nur Eine/r ist.

Clara Felder

Das schwächste Glied
Eine Geschichte aus dem Leben

Bibliografische Information der Deutschen Nationalbibliothek:
Die Deutsche Nationalbibliothek verzeichnet diese Publikation in der
Deutschen Nationalbibliografie; detaillierte bibliografische Daten sind
im Internet über <http://dnb.d-nb.de> abrufbar.

Impressum

(C) Clara Felder (Pseudonym)
4. überarbeitete Auflage, 2008
Titelbild: "Trauriges Mädchen", Helmut Schärfen, Berlin
Umschlag, Satz und Layout: Richter, Berlin
Herstellung und Verlag: Books on Demand GmbH, Norderstedt
Printed in Germany

ISBN 978-3-8330-0174-1

Sie haben mich gelehrt: Du mußt groß und stark werden.
Sie haben mich gelehrt: Du mußt deine Ellbogen gebrauchen.
Sie haben mich gelehrt: Du mußt dir einen Platz verschaffen.
  Sonst bist du verloren.

Sie haben mir gesagt: Es ist gefährlich, klein zu sein.
Sie haben mir gesagt: Es ist gefährlich, Schwäche zu zeigen.
Sie haben mir gesagt: Es ist gefährlich, wehrlos zu sein.
  Du bist verloren.

Und ich denke an alle, die schwach und schutzlos waren,
ich denke an alle, die Schwäche gezeigt haben,
ich denke an alle, die sich nicht gewehrt haben.
  Gingen sie verloren?

Sie haben mich gelehrt: Du mußt groß und stark werden.
  Und ich frage: aber auf wessen Kosten?

Sie haben mich gelehrt: Du mußt deine Ellbogen gebrauchen.
  Und ich frage: aber gegen wen?

Sie haben mich gelehrt: Du mußt dir einen Platz verschaffen.
  Und ich frage: Aber wen soll ich verdrängen?

(frei nach „Der Senfkornmensch", Autor/in unbekannt)

Für Anne, Jan und Ralf,
für meine Freunde auf der ganzen Welt –
und vor allem für die, die heute noch leiden.

Bis eben war die Welt noch in Ordnung.

Jetzt stehe ich auf dem Balkon, die unterdrückten Tränen bilden einen Knoten in meinem Hals. Vor einer Minute ist die Tür ins Schloß gefallen.

Er ging.

Ich sehe ihn da unten laufen, wütend, endgültig. Ich selbst habe ihn hinausgeworfen, den Streit angezettelt, die Grundsatzdiskussion.

Jetzt stehe ich hier oben, er da unten, und es zerreißt mir das Herz.

Soll das denn nie enden? Muß ich immer alles zerstören, kaputtanalysieren, zerreden, alles, was mich glücklich zu machen droht?

Nie wieder wollte ich so sein. Wie oft ist es so gewesen, als die Droge mir Herz, Hirn, Gefühl, Verstand vernebelte.

Hinterherrennen, um mein Leben schreien, egal, was die Nachbarn denken mögen.

Rennen, schreien, mich des Morgens im Nachthemd auf offener Straße lächerlich machen. Mich selbst demütigend.

Erniedrigend.

Erniedrigung, die nur durch neue Schlucke auszulöschen war.

Dieser Wahnsinn! Diese Messer!

Diese Angst vor dem Verlassenwerden.

Angst vor Zweisamkeit genauso. Hört das denn nie auf?

Keine Betäubung heute mehr, und es kommt dennoch wieder, von Zeit zu Zeit. So wie in diesem Augenblick.

Jetzt ist er fort. Ich fange an zu rufen, schreien. Seinen Namen.

Wenn er jetzt nicht sofort zurückkommt, braucht er nie wiederzukommen.

Er ist fort.

Ich stürze in altbekannte innere Verzweiflung.

Ohnmacht. Da klingelt das Telefon.

Vielleicht hört es nie auf.

Aber es wird milder.

Ich muß ungefähr fünf gewesen sein, als ich zum ersten Mal beschloß, diese Welt wieder zu verlassen. Auf ganz unspektakuläre Weise, bei einem Sonntagsspaziergang in Familie.

Mutter, Vater, Kinderwagen mit meiner kleinen Schwester. Ich selbst, das Vaterkind, an der Hand des bewunderten Mannes. Ein Felsen in meinem Leben.

Wir liefen durch die Straßen unserer kleinen Stadt und machten irgendwann Halt an einer befahrenen Kreuzung. Gab es eine Ampel oder nicht? Ich weiß es nicht mehr. Jedenfalls blieben wir stehen, nebeneinander, ganz friedlich. Wurde etwas gesprochen? Ich erinnere mich nicht. Nur noch daran, daß ich das Unglaubliche, Unverhoffte tat: Ich – das bis dahin brave, artige kleine Mädchen – ließ die große Beschützerhand los. Ließ sie los, ohne aufgeregt oder wütend zu sein. Trennte mich von meinem Felsen. Ließ in aller Ruhe los, lief auf die Straße und wurde von einem Motorrad erfaßt.

Dunkelheit.

Meine nächste Erinnerung ist der entsetzte Aufschrei unserer Nachbarin, die das verkrustete Blut in meinem Gesicht für getrocknete Schokolade hielt. Hatte ich so hemmungslos genascht? Dann kam das schmerzhafte Abtupfen meiner Haut mit Desinfektionsmitteln im Krankenhaus.

Weiter weiß ich nichts von diesem Tag.

Zuerst befand ich mich in friedlicher, gefühlloser Schwärze, dann war ich wieder da, bei meinen Eltern. Mit fünf Jahren nahm ich das alles mit der stoischen Gelassenheit, die mich damals umgab. Heute erscheint es mir wie der Versuch, dem Ganzen doch noch zu entgehen. Nicht das durchleben zu müssen, von dem ich vielleicht schon eine Art Vorahnung hatte, wer weiß. Jedoch: Das Ergebnis ist bekannt. Die frühe Flucht sollte mir nicht gelingen, und auch die Späteren nicht.

Es dauert nicht mehr lange, und ich bin achtmal fünf Jahre alt. Ich lebe immer noch, und endlich, endlich muß ich nicht mehr flüchten.

Was ist geschehen?

*

Die Welt war ganz eindeutig nicht so, wie ich sie gern gehabt hätte. Nicht so harmonisch, nicht so friedlich, nicht so liebe-voll.

Zuerst wollte ich mich damit nicht abfinden, es nicht aushalten, nicht ansehen.

Zuletzt hatte ich keine Wünsche mehr außer dem einen: Ich möchte leben, nicht sterben.

Andere Bedingungen stellte ich nicht mehr. Nicht länger dieses: Laß mich reich werden, laß mich im Rampenlicht stehen; ich will berühmt, geachtet, verliebt, verlobt, verheiratet sein. Alles schrumpfte zusammen auf den *einen*, aber wesentlichen Punkt: leben, noch nicht sterben.

Als ich dreiunddreißig Jahre alt war, ist endlich, endlich der tödliche Kreislauf des Alkohols von mir genommen worden. Das hat mehr verändert als sonst etwas in meinem Leben. Während der Zeit davor – es müssen etwa fünfzehn Jahre gewesen sein – war das Trinken mein Ausweg, mein Sparringspartner, meine Liebe, mein Leugnen.

Mein verzweifelter Versuch einer Kontrolle.

Jetzt sitze ich hier, an meinem kleinen Schreibsekretär, an dem ich jeden Tag irgendwann Platz nehme, um Briefe zu schreiben oder mein Tagebuch.

In meinem Zimmer gibt es zwei Schreibtische. Einen großen, dicken, behäbigen, sich wichtig machenden und mahnenden zum Geldverdienen – und diesen zierlichen italienischen hier, für die Muße. Er ist für mich wie eine Insel. Ich kann immer wieder innehalten und mich finden. Die Frau, die ich heute finde, ist ansprechbar, lebendig, anwesend. All das scheint so selbstverständlich. Doch das ist es nicht.

Trügerische Sicherheit.
Mein falscher Liebster schläft nur. Lüge kann ihn aufwecken – oder ein allzu lautes Leben. Ich habe viel ge-lernt von meinem schlafenden Geliebten.
Er ist ein Teil von mir. Er gehört für immer zu mir.
Wenn ich wach bleibe, wird er weiterschlafen.

Ist es wirklich so, wie meine heilkräftige Freundin immer sagt, daß wir uns alles genau so ausgesucht haben? Dieses Land, diese Eltern, diesen Weg, das ganze Leben, so, wie wir es heute vorfinden. In dem wir uns wieder-finden.
Inzwischen weiß ich, daß es keine Schuld gibt.
Andere verantwortlich machen für mein Leben, anderen die Schuld geben, auch das weckt meinen heimtücki-schen, zerstörerischen Geliebten.

Ich möchte diese Geschichte so erzählen, wie sie war.
Vieles und viele haben damit zu tun, und niemand, nichts hat schuld. Weder die Eltern noch die Großeltern noch die Urgroßeltern. Weder das verträumte Land noch mein Ehemann oder die große Umbruchzeit. Ebensowenig mein schneller Beruf, in dem ich wohl immer eine Außenseiterin bleiben werde.
Es gibt keine Schuld, es gibt keine Zufälle, und alles fängt mit mir an.

Wo fange ich an?

*

Sie hätte Filmschauspielerin werden können oder irgendeine Mißwahl gewinnen. Heute hätte sie vielleicht ein Musiksender für die Moderation entdeckt.

Aber sie wurde Anfang der 40er Jahre geboren – und entdeckt hat das schöne Mädchen, das ein bißchen aussieht wie Romy Schneider oder wie Schneewittchen, zuerst einmal dieser Junge. Er ist ein zorniger junger Mann – als Teenager schon für sein Leben geprägt. Die Mutter starb, da war er acht. Und mußte in ein Waisenhaus. Obwohl er einen Vater hat und fast erwachsene Brüder. Er fühlt sich abgeschoben und hat den Männern seiner Familie lange nicht verzeihen können. Hatten sie ihn denn unbedingt weggeben müssen? Gestrenge Erziehung und gestärkte Schwesterntrachten. *„Jetzt nimm das schöne Händchen!“*, mögen sie den Linkshänder ermahnt haben. So jedenfalls stelle ich mir diesen Heimalltag vor. Genaues weiß ich nicht, er spricht nicht gern darüber. Den Sprung auf die Erweiterte Schule schafft er nur aus einem einzigen Grund: Ihm wird ein Fahrrad dafür versprochen. Viel mehr Ehrgeiz treibt ihn nicht. Das Rad bekommt er – und dann übernehmen andere Mächte die Führung.

Was soll man machen gegen so eine Liebe mit fünfzehn! Sie muß über die beiden gekommen sein wie ein Naturereignis. Gut zwei Jahre später dann geschieht das Ungeheuerliche: Das Mädchen wird schwanger. Das ändert alles.

Sie ist eine Künstlerin, hat das Grafikstudium schon in der Tasche. Ihre Zeichnungen und Aquarelle geben Anlaß zu großen Hoffnungen. Gesichter, Landschaften, Stillleben füllen eine ganze Mappe. Ich frage mich oft, wie es wohl gewesen wäre, in einem Künstlerhaushalt aufzuwachsen. Mit einer Mutter, die ihre innere Berufung lebt. Aber diese Vorstellung ist müßig. Denn mit der Schwangerschaft brechen erst einmal alle ihre Träume ab.

Nun werden handfestere Dinge wichtig: das Überleben.

Die Alten Herren an der Erweiterten Schule mit dem Dichternamen schreien Zeter und Mordio.

Dieses „Kapitalistenkind" – das sie war, weil ihre Eltern ein kleines Milchgeschäft betrieben – und nun in solcher Sünde! Dies mittelalterliche Gebaren ist noch möglich 1960 im verträumten Land: Das Mädchen fliegt auf gesamtlehrerschaftlichen Beschluß von der begehrten Schule.

Der Alte Herr zu Hause, ihr Vater, will sich dem unverzüglich anschließen. Auch aus dem Elternhaus droht Verbannung, würde nicht eine warmherzige Mutter das Schlimmste verhindert haben.

Wovor nur hatten die Alten Herren solche Angst?

Als hätte er, ihr Freund, nur darauf gewartet, beendet er den abituriellen Weg ein für allemal. Er wird ein Mann des Berges, fährt in Schächte ein und baut dort fortan Erze ab. Die Idee, *nun gerade* seine kleine Familie durchzubringen, beseelt ihn, gibt ihm gewaltige Energie. Und eine Familie wird es wohl werden, denn an Abtreibung ist damals noch nicht zu denken. Die verzweifelten, unbeholfenen Privatversuche mit Erschütterung und Rotwein waren alle fehlgeschlagen.

Als sollte es so sein und nicht anders.

So kam ich zur Welt, und die Last trugen wir von da an gemeinsam.

*

Henry Slesar, „Ein Glied in der Kette"

„Agu wünschte sich noch mehr Felle, um ihren frierenden Körper darin einhüllen zu können. Aber Felle würde es keine geben, solange nicht ihr Gefährte von der Jagd zurückkommen würde. Mit einem Seufzer kehrte sie in die Höhle zurück, um zu sehen, was es für das kleine Menschending zu tun galt, welches ihr Bauch von sich gegeben hatte. Sie ging hinein und fand es nackt und zitternd auf dem feuchten Boden. Sein unaufhörliches Geschrei versetzte sie in solche Wut, daß sie es mit dem Rücken ihrer breiten, behaarten Hand schlug.
Der Schrei wurde immer lauter, und die Wut blieb."

Das ungewollte Kind erblickt an einem Januarmorgen 1961 das Licht der engen Welt des verträumten Landes. Als wollte ich mich gleich von Anfang an dafür entschuldigen, daß ich schon so bald solche Unannehmlichkeiten verursacht hatte, entschied ich mich dafür, so pflegeleicht wie möglich zu sein. Ich wurde dick, um nicht zu sagen: ausgesprochen Speck ummantelt. Gleich nach der Entbindung, die war, was man so landläufig als „leicht" bezeichnet, beschloß ich, niemandem zur Last zu fallen. Ich schlief und saugte viel und gern, wuchs unmerklich heran - vor allem in die Breite - ließ mich widerstandslos von jedem knuddeln und machte meinen schönen jungen Eltern jede Freude, die ich irgend konnte. Ein strahlender friedlicher Menschenklops, der vor allem die eine Gabe aus der Unendlichkeit mitbrachte: unerschütterliche Ruhe. Wo man mich hinsetzte, da blieb ich. Am allerliebsten saß ich wohl auf großen Haufen von Kieselsteinchen oder Knöpfen, die ich stundenlang beim Daliegen beobachtete, und mit denen ich engelsgeduldig spielen konnte. Bis jemand mich abholte und wieder Anderes für mich entschied.

Mit dem Laufenlernen fiel der Speckschutz von mir ab.

Ich wuchs auf zwischen zwei Polen: der unendlichen Liebe und Fürsorge meiner Großmutter, bei der ich tagsüber war und der strengen Hand meines Vaters. Allzu jugendlichen Eltern, die von außen unter Druck geraten waren und nun alles richtig machen wollten. Erziehung, die sich auf einen Nenner bringen ließ:

„Was dich nicht umbringt, macht dich stärker!"

Ich erinnere mich an Sommertage in unserem Garten, an denen Vater mich aufforderte, barfuß mehrmals die Kieswege abzulaufen. Nur eine der Methoden, um mich abzuhärten für das feindliche Leben. (Heute würde ich das gern mal wieder tun, schon wegen der Fußreflexzonenmassage!)

Haben sie etwas an mir entdeckt, das ihnen Angst machte? Irgendeine Eigenschaft, die mich vielleicht nicht würde bestehen lassen im Lebenskampf? Zu dünnhäutig, zu gutgläubig, beinahe ein bißchen einfältig?

Wenn das so war, dann hat mein einer Pol – die Großmutter – mich jeden Tag darin bestärkt, während der andere – die Erzieher, die es auch nur gut mit mir meinten *(viel später höre ich den Satz „Das Gegenteil von gut ist gut gemeint.")* – die übermäßige Weichheit auszumerzen suchten.

Vielleicht aus eigener, schmerzvoller Erfahrung.

Besser als ich kannten sie ja schon die Widersprüche im verträumten Land. Das in seinen Regeln hochherzige Menschlichkeit festschrieb, die einem im Alltag schnell zur Falle geraten konnte. Wie oft hatte mein Vater sich schon Blessuren geholt in Parteiversammlungen, weil er den Mund nicht halten konnte. Fetzen von seiner Empörung drangen bei Abendbrot-Gesprächen zu mir durch. Hier schüttete er sein Herz aus, über die Ungerechtigkeit, die Intrigen, die ganz normalen Gemeinheiten, die ihn trafen, der doch nur ehrlich bleiben wollte. Mutter lauschte mit grimmiger Entschlossenheit. Nie würde sie in die Partei eintreten. Lieber bezahlte sie mit einer Nichtkarriere, mit Halbtagsarbeit, wenig Geld. Sie sollten sie in Ruhe lassen mit ihren Forderungen. Am Ehemann sah sie ja jeden Tag, was einem geschieht, wenn man sich zu sehr einmischt. Das war ihre Sache nicht.

Wie erzieht man Kinder in so einem Umfeld? Was rät man ihnen?

Bei mir kam wohl die unterschwellige Botschaft an: Lerne beizeiten zu unterscheiden, was du wo sagst. Die Familiengespräche und die gestaute Wut sind nichts für die Öffentlichkeit. Glaub nicht den verkündeten Ansprüchen von allgegenwärtiger Offenheit und Ehrlichkeit, sei vorsichtig. Und such dir einen Beruf aus, der dich nicht acht Stunden an ein Büro fesselt. Der Typ bist du nicht. Du brauchst eine Stelle, die dir auch deine Freiheit läßt. Aber das kam erst viel später.

Zurück zu den Kindheitsbildern, ersten wesentlichen Momenten, die mir eingebrannt sind.

Eines Morgens stehe ich auf und finde die Familie ungewohnt vollständig versammelt am Küchentisch. Meine Mutter weint. Eine gedrückte Stimmung, die ich nicht verstehe. Ich bin drei Jahre alt, und das war der Tag, an dem meine kleine Schwester starb. Nach zehn Monaten in unserer Familie führte ihre Behinderung sie wieder zurück auf die andere Seite.

War ich traurig? Habe ich mich schuldig gefühlt?

Damals vielleicht noch nicht. Ganz bestimmt aber an dem Tag, als mein nächstes Schwesterchen da war, und als ich voll unbekümmerter Naivität erklärte, das neue Baby sei ohnehin viel schöner und niedlicher als das alte. Die bestürzte Reaktion der Erwachsenen lehrte mich: Das war sehr böse von mir gewesen.

In großen Runden habe ich mich oft unsichtbar gefühlt.
Die anderen redeten, bestritten die Unterhaltung, und ich
schien gar nicht da zu sein. Das ging mir auch später
noch so, inmitten fröhlich zechender oder sich ereifernder
Freunde, Kollegen. Ich saß dabei, ganz nah bei ihnen, und
ich schien doch weit weg zu sein. Sahen sie mich überhaupt? Oder besaß ich eine Tarnkappe, ohne es zu
wissen? Ich richtete mich ein in dieser Rolle. Mitten unter
Menschen vollkommen allein zu sein. Ich brauchte nichts
zu sagen, denn sie hätten es ja sowieso nicht gehört. Ich
mußte mich nicht einmischen. Ich war unsichtbar.
Das fand ich sehr bequem.
Das Beste an meinem Kinderdasein war das Freiheits-
gefühl.
Die Gänge zum Bäcker und zum Fleischer mit Oma am
Morgen. Der starke, süße schwarze Tee, das über der
Gasherdflamme geröstete Weißbrot – oben mit Butter
und Salz bestrichen, unten drunter mit einer Knoblauch-
zehe eingerieben. Prickelnde Schärfe auf der Zunge und
das schnelle Belebtsein durch das dunkelbraune Gebräu
aus zarten Tassen mit blauen Blümchen. Eine geheime
Verschwörung, wußten wir doch beide, daß der Röstvor-
gang alles andere als bekömmlich und erlaubt war. Was
kümmerte es uns; wir liebten diesen herrlich ungesunden
Hochgenuß.
Oma sang mir oft todtraurige Lieder vor. *„Ein Wander-
bursche mit dem Stab in der Hand kam wieder nach
Hause aus fernem Land ...“* Ein junger Soldat, dem die
Sonne die Haut so verbrannt hatte, der so verändert aus
dem Krieg heimkehrte, daß ihn niemand mehr erkannte.
Nicht die Leute im Dorf, nicht sein Vater, nicht seine
Liebste. Nur das Mütterlein, die Frau, die ganz verhutzelt
und gebeugt auf den Steinstufen der Kirche saß, die hat
ihn, ihren verlorenen Sohn, als Einzige sofort erkannt.
Wir heulten beim Singen um die Wette.

Meine Mutter schimpfte, wenn sie davon erfuhr: *„Du sollst das Kind nicht so beunruhigen!"* Aber ich ließ mich hineinfallen in das herrlich Schmerzliche. Und wollte das Lied immer wieder hören.

An einen Blick beim morgendlichen Gehen auf die Pflastersteine erinnere ich mich. Die Sonne schien, noch war es Sommer, und in ein paar Tagen sollte die Schule beginnen. Ich sah nichts Besonderes oder Ungewöhnliches, nur das Grau mit der hellgelben Bemalung der Sonnenstrahlen. Aber in diesem Blick auf die Steine lag mein erstes trauriges Zu-Ende-Sein.

Ich wußte nicht, wie wertvoll mir die einfache Freiheit war, bevor ich sie zu verlieren drohte. Jetzt kam eine neue Ordnung auf mich zu, vor der ich mich fürchtete.

Aber die Sorge war unbegründet; das Lernen fiel mir leicht und das Anpassen zunächst auch.

Vier Jahre lang ging alles wunderbar.

Ich war zehn Jahre alt und in der fünften Klasse, als zum ersten Mal etwas Erschreckendes geschah. Etwas, das mich aus der Bahn heraus warf.

Es fing ganz harmlos an.

Unsere Schulklasse fuhr gemeinsam in ein touristisches Lager. Ähnlich den Pfadfindern, nur eben unter sozialistischer Flagge, sollten wir unsere Heimat besser kennen lernen.

Wanderungen, Vorträge vom Förster, Bastel- und Orientierungsübungen. Das alles nur ein paar Kilometer von zu Hause entfernt, in einem kleinen Dorf mit einer Touristikstation. Gar nicht weit weg, und doch zum ersten Mal für eine ganze Woche Schlafen außer Haus. Ich sang inzwischen in unserem Schulchor, und nach zwei Tagen erschien der Chorleiter, um mich und ein anderes Mädchen zu einem Auftritt in der Heimatschule abzuholen.

Wir hatten die Erlaubnis zu dieser Unterbrechung und sollten nach dem Singen wieder in das Lager zurückgebracht werden.

Der Dirigent lud uns also in seinen Wartburg, brachte uns nach Hause, in die Schule. Ich weiß noch, daß ich ihn darum bat, auf einen Sprung bei meinen Eltern vorbeischauen zu dürfen. Das lehnte er ab. Wir sollten singen, wieder in sein Auto steigen - und fertig. Ich kann nicht sagen, was dieser scheinbar belanglose Wortwechsel in mir ausgelöst hat, aber die Wirkung war verheerend. Ich sang wohl, allerdings mit einem Kloß im Hals, der um so dicker wurde, als ich sehen mußte: Die Eltern meiner Schulfreundin saßen im Publikum. Plötzlich wollte ich nichts so sehr als meine Familie auch sehen; nochmals bat ich um den Abstecher. Aber auch dieses Mal hieß die Antwort „Nein". Jede andere Zehnjährige mag die Abfuhr weggesteckt haben, Schulter zuckend, aufmüpfig, einschnappend vielleicht. Ich nicht. Wie gelähmt und betäubt ließ ich mich widerstandslos zurückbringen, war wohl körperlich anwesend, aber meine Seele blockierte für lange Zeit. Wieder in dem Gruppenschlafraum, ließ ich mich einfach fallen, begann verzweifelt zu weinen, um für viele Wochen nicht mehr damit aufzuhören. Hatten die Erzieher anfangs noch Verständnis – ich erinnere mich, bei einer Lehrerin heulend auf dem Schoß gesessen zu haben, während sie den Mitschülern erklärte, daß es im Grunde etwas Schönes sei, wenn jemand so an seinen Eltern hängt und solches Heimweh hat – schlug das immer mehr in Befremden um. Denn auch, als das Lager längst zu Ende und der Alltag wieder eingekehrt war, hörte mein großer Schmerz nicht auf. Ich war selbst am meisten entsetzt darüber und konnte mir nicht mehr trauen. Auf der Bühne oder mitten im Unterricht begannen meine Tränen unkontrolliert zu fließen. Man mußte mich schließlich aus der Schule nehmen; ich galt als

„irgendwie krank". Meine Eltern waren völlig ratlos, war ich doch bis dahin die fröhliche, leistungsstarke Schülerin gewesen, in deren Zeugnissen in jedem Jahr die Worte „resolut" und „außerordentlich beliebt" vorkamen.

Was war nur jetzt mit mir geschehen?

Obwohl ihnen von allen Seiten eine Konsultation beim Psychiater angetragen wurde, setzten die Eltern mehr auf liebevolle Zuwendung. Ich war zu Hause oder bei meiner Mutter auf der Arbeitsstelle. Sie nahm mich mit ohne viele Worte. Ließ meine Anhänglichkeit zu. Rückkehr in die einzige Sicherheit, die ich kannte. Für lange Zeit mußte ich regelrecht aus dem Verkehr gezogen werden, doch das Weinen hörte und hörte nicht auf. Sprüche von Tanten der alten Erziehungsschule, wie *„So ein großes Mädchen weint doch nicht!"* oder von Gleichaltrigen: *„Das möchte ich auch mal! Einfach heulen, und schon brauche ich nicht mehr zur Schule zu gehen ..."* erreichten mich nur wie durch einen Nebel. Alles hätte ich für eine Lösung gegeben, aber es kam keine. Fast schien es, als müßte ich alle Tränen meines Lebens auf einmal weinen.

Zum ersten Mal hatte ich ein Gefühl totaler Ohnmacht kennen gelernt; ein – zumindest für mein kindliches Gefühl – brutales Vereinnahmt- und Gelenktwerden.

Ich hatte keine Worte dafür, die Auflösung in Tränen war mein einziger Ausdruck. Auf einmal konnte jeder sehen, daß ich irgendwie *„anders"* als die anderen war.

Und so sehr ich mich später auch bemühte, mich wieder einzureihen – so recht ist es mir wohl nie wieder gelungen.

So plötzlich, wie es über mich gekommen war, hörte das Weinen wieder auf. Nach Wochen? Nach Monaten? Viel später sollte ich erfahren, daß Nervenzusammenbrüche so verlaufen. War es einer? Ich wußte nur: Die Tränen waren irgendwann regelrecht „alle", und ich stieg wieder ein in mein Leben.

Nun erst recht würde ich es allen beweisen.

Ich sollte Geigerin werden. Schon als kleines Mädchen hatte ich mit dem Unterricht angefangen. Zu zweit gingen wir jede Woche zur Violinlehrerin nach Hause, eine gebeugte, grämliche alte Dame, die irgendwie widerwillig ihr Wissen weitergab. So, als habe es am Ende ja doch keinen Zweck, den jungen Dingern irgendwas über Kunst beizubringen. Wir haßten sie dafür, daß wir das spürten und verspotteten sie heimlich. Ein um das andere Mal warfen wir auf dem Weg zum Unterricht in heimlicher Verschwörung unsere Geigenkästen auf den Boden, in der Hoffnung, die ungeliebten Instrumente würden zu Bruch gehen. Sie taten uns diesen Gefallen nie.

Immer weiter übten wir und wurden zum Lohn der Mühe für jedes Schulfest oder jeden Klassen-Kultur-Auftritt verpflichtet. So sehr ich das „im-Rampenlicht-Stehen" auch genossen haben muß, so sehr wünschte ich mir in dieser Zeit oft sehnlichst, nur einmal „bloß" Publikum sein zu dürfen, nicht immer der aktive, auftretende Teil.

Die dauernden Vorführungen waren es schließlich auch, die mich mit fünfzehn beschließen ließen: Schluß mit dem Geigenspiel. Es war mir nur noch peinlich und wahrscheinlich sehr wenig dazu geeignet, auch nur einem einzigen Jungen zu imponieren. Ich fühlte mich ausgelacht und altmodisch mit meiner Violine. Obwohl der Direktor der Musikschule höchstpersönlich zu uns nach Hause kam, um mich – „Welch ein Talent!" – doch noch umzustimmen, auf meine Eltern einzuwirken, war nichts mehr zu machen. Ich wollte nicht mehr, und das war es dann auch.

Seltsam, daß Mutter und Vater mir meinen Willen ließen. Der Satz „Siehst du, da könntest du heute auch stehen", wenn im Fernsehen ein Streichorchester spielte oder in einer Rockband eine Geigerin brillierte, war die einzige Kritik an meiner Entscheidung.

Es ist müßig, heute im Nachhinein zu überlegen, ob ich eine bessere Geigerin als Journalistin geworden wäre. Ich hatte damals keine Wahl, also sollte es vielleicht ganz genauso kommen. Ich sang nun eben um so mehr im Chor und brachte mir selbst ein paar Akkorde auf der Gitarre bei – so viele, daß es zum Spielen und Singen ausreichte. Das fand ich passender zu meinem Lebensgefühl: das Mädchen mit der Gitarre und den melancholischen Songs. Die ersten unschuldigen Jugend-Feten kamen, und mit ihnen für mich *die* Gelegenheit, die „Klampfe" hervorzuholen.

Als Gitarrenspielerin und Sängerin trauriger Balladen fühlte ich mich nun auch nicht mehr länger „angestaubt", und erste Lieben stellten sich ein.

Ich war zufrieden.

Zur Entspannung nach der Schule, in unserem Treppenhaus – wo es so schön schallte, beim Kaffeekränzchen meiner Oma, auf Schuldiscotheken, in trauter Zweisamkeit mit meinem ersten Freund – ich sang und spielte, so oft ich nur konnte.

Manchmal nahm ich die zweite Stimme oder einen Geigenpart auf Tonband auf und sang mit mir selbst im Duett. Der innere Oberlehrer in mir schwieg. War das Lied auch noch so schmalzig, ich „verurteilte" mich nicht dafür und schmetterte noch den schmalzigsten Schlager vollkommen hemmungslos und hingegeben. Ich wußte, wie ich mich fortträumen konnte. Meine ganz eigene Welt, in der niemand und nichts an mich herankam. Was für ein herrliches Gefühl.

Es mußte doch eigentlich noch zu steigern sein.

Zu Trinken gab es bei uns immer mehr als genug, und jeder schien gut damit umgehen zu können.

Anläßlich von Familienfeiern wurde immer ein Körbchen mit sechs Löchern in den Keller getragen und erschien, gut gefüllt, mit Flaschen in den Löchern, wieder auf dem Kaffeetisch. Weinbrand, Wodka, Liköre. Sekt, Wein und Bier standen sowieso immer schon da. Getrunken wurde mäßig, bis auf ganz wenige Ausnahmen. Ein sehr korrekter Onkel, der zu meiner Jugendweihe plötzlich abstürzte. Sein Anblick, wie er im Bett lag, mit einer Schüssel vor dem Gesicht, hat mich so angewidert, daß ich mit meinem Cousin einen heiligen Eid schwor, bis ans Lebensende nur noch Limonade zu trinken. Jahrelang hatte ich alkoholische Getränke nicht einmal bemerkt, und jetzt verspürte ich nur Ekel.

Wann habe ich zum ersten Mal davon probiert?

Meine Freundin lud mich zu sich nach Hause ein. Am Vorabend hatte ein Fest stattgefunden, jetzt standen noch die Gläser, Teller und Bestecks herum. Wir kamen auf die unerhörte Idee, die Neigen aus den Kelchen und Schwenkern zusammenzugießen. Eine teuflische Mischung, die wir – zitternd vor Experimentierlust – gemeinsam austranken. Anschließend gingen wir „Einkaufen" und freuten uns, als wir in der Jugendmode-Boutique fast einen Kleiderständer umwarfen, so schwankend standen wir auf unseren Füßen. Wir kicherten und zogen durch die Stadt, abgehoben, sorglos, albern. Mein erster alkoholischer Selbstversuch schien viel versprechend.

Ich fand die Wirkung einfach umwerfend.

Kein Mensch weiß so genau, woran es liegt, daß die einen problemlos mit der flüssigen Droge umgehen, sie kontrollieren können und die anderen daran hängen bleiben, immer mehr vom Stoff beherrscht werden. Sind es die Gene, die Erziehung, das frühere Leben? Niemand kann das beantworten. Es gibt keine Regeln, nur ganz individuelle Lebensgeschichten. Meine ist nur *eine* davon.

Es kam eine wirkliche Liebe. F., der mich tiefer traf als irgend ein männliches Wesen sonst, bis dahin.
Wir gingen in eine Klasse und näherten uns äußerst langsam diesem überwältigenden Gefühl, so, als wollten wir jede einzelne Sekunde davon genießen, ihr viel Raum zum Wachsen geben, nichts zerbrechen vor der Zeit.
Er bewunderte mich, ich bewunderte ihn. Ein Klassensprechertyp, mutig, selbstbewußt, erwachsener als wir alle in diesem Alter. Und ausgerechnet auf mich (Kleine, Unscheinbare, Schüchterne, Ängstliche) hatte dieser Spitzen-Mann sein Auge geworfen. Ich war stolz, glücklich, im Ausnahmezustand.
Er war der Einzige auf der ganzen Welt, der mich verstand.
Ich war die Einzige auf der ganzen Welt, die ihn verstand.
Während der Unterrichtsstunden schrieben wir ein gemeinsames Buch, in einen kleinen hellbraunen „Kammer der Technik"-Kalender des Jahres 1977. Das Stöhnen der Mitschüler, die das Büchlein von Bank zu Bank weiterreichen mußten – hin und her, von ihm zu mir und wieder zurück – bemerkten wir gar nicht. Was kümmerte es uns, ob wir irgendwem auf die Nerven gingen; wir lebten in einer Luftblase aus einer eigenen Spezialmaterie, die uns erlaubte, daß wir unsere Phantasien aneinander auslebten.
Ein Samstagabend wie viele.
F. ist bei mir. Wir haben auf meiner Jungmädchencouch einträchtig nebeneinander gesessen, Kartoffeln für den obligatorischen Kartoffelsalat geschält und geschnippelt. Jetzt läuft Musik, es wird dunkel in meinem Zimmer, eine

Kerze brennt. Ich spüre etwas Fremdes, Neues, und ich fühle mich verklemmt. Ist das männliches Begehren, und was ist das Seltsames in mir? Es klopft. Mutter kommt mit zwei Gläsern Wermut. Ob wir vielleicht... – Wir wollen. Zum Wohl, Prost, und ich verwandle mich. Aus dem schüchternen Mädchen wird eine verruchte Frau. Die flirtet, lockt und den anderen an der Nase herumführt. Die zur Musik anfängt zu tanzen, wohl wissend, wie sie ihren zarten Körper und ihre langen dunklen Haare am besten zur Geltung bringt. Gelöst, verführerisch und unnahbar. Jetzt spürt sie eine neue Macht. Sie kann mit ihm tun, was sie will und kontrolliert die Szene. Das Hochgefühl durchflutet sie.

Eine weitere schöne Erinnerung an den einzig wahren *alkoholischen* Geliebten bleibt.

An meinem 16. Geburtstag war es noch ein Spaß. Ich hatte endlich einen Personalausweis, ich war endlich „volljährig" im Sinne des selbständigen Einkaufens von alkoholischen Getränken. Ausgesehen habe ich allerdings viel jünger, kindlicher. Darin bestand die – wie ich fand – lustige Mutprobe. Ich ging in unsere Kaufhalle, lud einen Einkaufskorb voll Bier und stellte mich, innerlich bebend, an der Kasse an. Und richtig! Die Kassiererin musterte mich streng von oben bis unten und wollte mir, nicht ohne mich zu ermahnen, die Flaschenware schon wieder wegnehmen, als ich triumphierend meinen neuen Ausweis zückte und ihr vor die Nase hielt. Ich erhielt einen ungläubigen Blick, einen herzlichen Glückwunsch zum Geburtstag und meinen Gerstensaft. Der war noch nicht einmal für mich bestimmt. Die tägliche Ration meines Vaters, der sich zeitlebens fragt, ob jemand ein Alkoholiker ist, wenn er jeden Abend gleich bleibend sein Bier trinkt. Auch ihm wird keine Antwort außerhalb seiner selbst gegeben. Gut zwanzig Jahre später zwingt ihn eine

Krankheit zum Umsteigen auf Tee. Er hat keine Schwierigkeiten damit.

Wann habe ich angefangen, mit der klaren und gezielten
Absicht von zu Hause loszugehen, mir etwas für meinen
geheimen Vorrat zu kaufen? Da war ich schon umge-
zogen in die Wohnung meiner Großeltern, im selben
Haus, direkt über den Räumen meiner Eltern und meiner
Schwester. Ein eigenes Dachkämmerchen, irgendwie los-
gelöst und unbeobachtet. Wo die Flaschen von Oma und
Opa standen, hatte ich schon längst herausgefunden.
Wodka ansetzen und mit Wasser auffüllen. Wein klauen
und nicht wieder ersetzen. Aus Langeweile, aus Frust,
wenn ich glaubte, unverstanden zu sein; als Magen-
Betäubungsmittel.
Irgendwann hatte sich der Kalorien-Wahn in mein Leben
geschlichen.
Kannte ich doch die Qual meiner molligen Mutter, jedes
Mal, wenn sie wieder einmal mit Brachialgewalt ab-
zunehmen versuchte. Irgendwie übertrug sich ihr vergeb-
liches Bemühen auf mich. .
War ich wie ein rotes Tuch, weil ich – ihre Tochter, von
der jeder sagte, ich sähe ihr ähnlich – provozierend
schlank blieb? Oder führte sie ihre Figur unbewußt auf
die erste, ungewollte Schwangerschaft zurück? Jedenfalls
wurde ab einem verfluchten Tag plötzlich mit Argus-
augen über meinen Körper gewacht. Ist sie nicht zu
dünn? Ist sie nicht in ihrer Entwicklung „hinterher"?
Wird sie jemals Kinder bekommen können?
Ich mußte sogar zum Arzt, der mich wog, abmaß, zog
und zerrte und durchleuchtete mit dem niederschmettern-
den Ergebnis: Sie ist vollkommen gesund.
Trotzdem verging keine Mahlzeit ohne den immer
aggressiver auf mich gerichteten Blick: Ich nahm mir
zuviel Zeit zum Schmieren meines Butterbrots, ich ach-

tete zu sehr auf Mageres, ich aß zuwenig. Es blieb dabei, und es machte meine Eltern ganz offensichtlich wütend. Zorniger als alles andere auf der Welt, so kam es mir vor. Aus heiterem Himmel auf meine Stulle knallte zusätzliche Wurstscheiben. In mein Gesicht gedrückter Negerkuß, zermatschter weißer Zuckerschaum. Mir ins Gesicht gebrüllte Anweisungen: Du stehst nicht eher vom Tisch auf, als bis du diesen Pfannkuchen, diesen Kloß, diesen Teller leer gegessen hast.

Irgendwann resignierte ich. Wie in einer Show-Vorführung fraß ich bergeweise in mich hinein, stellte die Anderen zufrieden, um anschließend auf der Toilette mir den Finger in den Hals zu stecken und alles wieder zu erbrechen.

Die leichteste Übung auf der ganzen Welt! Es erzeugte nebenbei auch noch ein wundervoll euphorisches Gefühl. Ich hatte die Kontrolle wieder. Die Kontrolle über mein Gewicht, meinen Körper. Die Kontrolle über gute Stimmung zu Hause. Die ungeteilte Macht über mein eigenes Leben.

Es schien eine Art Patentlösung für mich zu sein, auf die nur ich – ganz allein – gekommen war. Ich war in Ordnung für meine Umwelt, hielt die starre Mahlzeitregelung korrekt ein. Pünktlich um 9, um 12, um 15 und um 18 Uhr – während der Werktage galten natürlich nur die letzten beiden Termine – erschien ich demonstrativ gutgelaunt am Familientisch. Stopfte mich voll, entleerte mich, ging die Treppe hinauf in mein Reich, goß Schnaps oder Wein hinterher, schloß die Tür und hörte meine Musik.

Allmachtsgefühle. Einsam und stark.

Völlig beschwingt und erfüllt. Inspiriert zu gewaltigen Taten.

Innere Ruhe. Trügerisches Gleichgewicht.

Eins mit mir. Ohne Wünsche und ohne Bedingungen.

Die Welt ist harmonisch. Die Menschen sind gut. Niemand bemerkt etwas.

Meine Verzweiflung war unendlich, als mir zum ersten Mal klar wurde, wie sehr ich mich da täuschte. Ich hatte noch abgenommen, mein ohnehin zierlich gebauter Körper wog knapp über 40 Kilo. Über all dieser Zerbrechlichkeit prangte ein aufgedunsenes Gesicht, die Mandeln zu dicken kleinen Bällen angeschwollen. Die Augen schwammen glasig. Die gerade erst knospenden Brüste verkümmerten. Meine Haare hingen stumpf herunter.

Auch mein Diebstahl aus den großelterlichen Flaschen kam ans Tageslicht. Ein Leben ohne meine kleinen Hilfsmittel konnte ich mir aber schon gar nicht mehr vorstellen. Verzichten auf meine Fluchten? Auf all die verführerischen Gefühle? Undenkbar.
Also legte ich mein Taschengeld in einen eigenen, geheimen Vorrat an. „Unikum" und „Aromatique" – Kräuterliköre in handlichen kleinen Flaschen – verstaute ich in meinem Schreibtisch. Es war ein gutes Gefühl, immer etwas da zu haben, für alle Fälle. Falls ich nicht einschlafen kann, falls es wieder Streit gibt, falls der Heißhunger mich überfällt.
Die hochprozentige süße Zähflüssigkeit verschaffte mir auch die Illusion, im Grunde etwas Urgesundes für meinen geschundenen Magen zu tun. Ich wollte ihn nach all dem Fahrstuhlfahren ja nur wieder beruhigen. Das wird doch wohl noch erlaubt sein!

Die letzten Jahre meiner Schulzeit verbrachte ich zwischen dem Funktionieren nach meinem stahlharten Leistungswillen, meiner nach außen getragenen strahlenden Fassade, der zunehmenden Sorge meiner Eltern, die für mich unbegründet war und meiner Meinung nach die Atmosphäre zu Hause vergiftete – und meiner eigenen Verzweiflung, die ich tief verdrängt hatte. Den Freund hatte ich auf meiner Seite, längst las er mir jeden Wunsch von den Augen ab und glaubte jedes meiner Worte. Ihn hatte ich fest im Griff, und gemeinsam bauten wir eine Mauer auf zur vermeintlich feindlichen Welt.

Was meine Eltern gelitten haben müssen, mich so abdriften zu sehen und nichts dagegen tun zu können, das habe ich mich erst Jahrzehnte später gefragt.

Leben in Extremen. Dazwischen gab es nichts.

Einmal war ich in meinen Augen die komplette Versagerin. Zu nichts nütze, mit peinlichen Gewohnheiten und unsäglichen Geheimnissen, schwach und lebensuntauglich. Ein anderes Mal sah ich mich grenzenlos leistungsfähig, unbesiegbar, als Erfolgstyp.

Genau! Nie habe ich etwas anderes vom Leben erwartet als erfolgreich zu sein. So kannte ich mich und nicht anders. Die Frau, die alles schaffen, immer an die erste Stelle kommen würde – oder zumindest an die, die sie sich gewünscht hatte.

Der Sprung an die Erweiterte Schule – „An Ihnen merke ich, daß ich alt werde", kommentierte einer der Lehrer. Sie waren alle noch da aus der Zeit, zu der meine Mutter wegen mir die ehrwürdige Lehranstalt hatte verlassen müssen!

Die Bewerbung zum begehrten Studium. Als die Herren aus Berlin in meine verschlafene Stadt kamen, um zu sehen, ob ich würdig wäre. „Sie ist Eine unserer Besten! Sie könnte das Abitur ohne Weiteres mit ,Auszeichnung' schaffen, es fehlt nur eine Eins", dienerte mein Schuldirektor.

Der kleine Herr mit dem gebräunten Gesicht im feinen grauen Anzug lächelte: „Lassen Sie mal gut sein. Wir *suchen beim Rundfunk unverbrauchte, nervenstarke junge Leute, und keine kaputt gestrebten Leistungs-Wracks.* " Ich liebte ihn dafür und wollte um so mehr in die Hauptstadt, zum Radio. Dort schien ich genau richtig zu sein.

Jahre später – als wir nach der Großen Zeitenwende unsere Kaderakten ausgehändigt bekamen, sollte ich lesen, was er, der freundliche Herr, einschätzend damals über mich geschrieben hatte: *„Sie wirkt zwar klein und zart, scheint aber doch zäh und gesund zu sein."* Seltsamer Satz, der Assoziationen wie von einer Fleischbeschau weckt. Und doch – genauso wollte ich damals auch gesehen werden. Ich hatte offenbar gut für mich selbst geworben.

Die Reihe von Aufnahmeprüfungen, zu denen ich jedesmal mutterseelenallein mit dem Zug in die Hauptstadt fuhr. Wie oft war mir schlecht vor Angst, wie oft griff ich damals schon zu Durchhaltemittelchen? Eine halbe Schlaftablette gegen die Aufregung. Eine Schmerztablette gegen das Bauchweh. Ein Schnaps gegen die Trennungspanik. Aber es gab ja das große Ziel, und nur das zählte. Viermal bestieg ich fast noch nachts den Zug in meiner Heimatstadt und fuhr tollkühn die fünf Stunden, um mich auf Herz, Nieren und Weltanschauung prüfen zu lassen. Acht Stunden schriftliches Examen. *„Wie würden Sie unserem Hörer ‚Sowieso' antworten, der die Wirtschaftspolitik unseres sozialistischen Staates nicht versteht?", „Wie heißt die wichtigste politische Sonntagssendung in unserem Rundfunk?", „Was möchten Sie als zukünftige Journalisten für das große Ziel bewirken?"...* Dichtung und Wahrheit. Die gefragten Sendungen, die ich noch nie gehört hatte, wurden als Mund-zu-Mund-Geheimnis in der Kantine verraten. Bei den anderen Aufgaben wußte ich instinktiv, was zu schreiben war. Geschult in meinem Doppelbewußtsein, irgendwie sicher in der Überzeugung,

daß ich von Geburt an zu den „Guten" gehörte, traum-
wandlerisch in der kommunistisch-wissenschaftlichen
Logik.

Die erste Auswahl ging vorüber, ich blieb übrig und durfte ein weiteres Mal in die Hauptstadt kommen. Ein münd-
licher Test begann, hier traf ich auch den kleinen freund-
lichen Herrn mit dem südländischen Teint wieder. Jetzt
waren mein Charme und meine Schlagfertigkeit gefragt.
Ich sollte den Kollegen in fünf Minuten überzeugen, daß
er dringend Geige spielen lernen müßte. Mit dem Mut der
Verzweiflung redete ich los, und als die Anwesenden
lachten, wußte ich: Ich hatte es geschafft. Jetzt gehörte
ich zum engeren Kreis, kam noch einmal zum Stimmtest
und zu einem Abschlußgespräch, und dann konnte ich
nichts mehr tun als warten.

Wir waren dabei, die Straße vor unserer Schule zu fegen
– einer der Subbotniks, der angesagten Arbeitseinsätze –
als unser Direktor höchstpersönlich zu Fuß den Schulberg
heruntergeeilt kam, direkt auf mich zu. Mit dem Besen in
der Hand, verwundert, stand ich da, als er mich beglück-
wünschte. Ich sei eine der wenigen Auserwählten und
dürfte nach Berlin gehen.
So kam ich nach der Schule von zu Hause fort, zuerst in
die Hauptstadt und dann – nach dem Prinzip: so selbständig wie möglich – in ein kleines Rundfunkstudio zum
Volontariat.
Ich war im Fluß, mein Leben schien vorgezeichnet. Was
sollte mir schon passieren!
„Du hast doch immer gewußt, worauf es ankam", konsta-
tierte ratlos mein Vater, als er – ein Jahrzehnt später –
wegen mir weißhaarig geworden war.
Einmal mehr fühlte ich mich stark und unbesiegbar, hatte
ich nur den Erfolg erwartet.

Aber unmerklich, schleichend begann ich, die vorgezeichnete Bahn zu verlassen.

Und nichts, niemand konnte mich festhalten.

*

Julia Cameron, „Der Weg des Künstlers"

„Oft sind Menschen versucht, ihr Leben rückwärts zu leben: Sie versuchen, mehr Dinge zu haben oder mehr Geld, um mehr von dem zu machen, was sie möchten, damit sie glücklicher werden.

Es funktioniert jedoch genau umgekehrt.

Sie müssen zuerst derjenige sein, der Sie wirklich sind und dann das tun, was Sie tun müssen, um schließlich das zu haben, was Sie haben möchten."

(Zitat Margaret Young)

Das Fenster blickt auf die Autobahn. Vorbeifahrende Trabis, Wartburgs, Skodas – hin und wieder auch ein Audi oder ein Volvo. Polnische und sowjetische Lastwagen an der Tankstelle, die Aufschrift *Sovtransavto* an groben Planen setzt sich wie eine Losung fest. Die Welt ist in Bewegung.

Draußen findet das Leben statt.

Ich sitze am Tisch in der kleinen Dachstube. Meiner Stube für ein Jahr. Mein neuer Chef hat mich hergefahren und der Wirtin vorgestellt. Nette alte Dame. Ob sie mich mag? Bestimmt. Alle mögen mich. Everybody´s darling. Volontärin beim Rundfunk. Klingt gut. Ein Schritt auf dem Weg zu meinem Traum: Journalistin sein. Allen beweisen, daß ich das kann.

Obwohl oder *gerade*, weil alle sagen, ich sei nicht der Typ dafür: viel zu still, viel zu lieb, zu empfindlich. Da ist es wieder, dieses *„viel zu"*, das mich reizt, das mich aufregt, das mich anstachelt. Warum eigentlich muß ich immer irgendwem irgendwas beweisen? Vor allem mir?

Ich sitze da in diesem Mansardenzimmer, ich bin neunzehn und endlich frei. Keiner kann jetzt zu mir sagen: „Nun iß doch, du bist so dünn, wirst doch nie eine Frau, guck dich doch mal an, gefällst du dir so?" Keine Mahlzeiten mehr um neun, um zwölf, um drei, um sechs. Für mich allein schon der Inbegriff der Freiheit.
Endlich, endlich kann ich selbst entscheiden.

Ich gehe zum Schrank, hole die Obstschale, setze sie auf das billige Wachstuch vor mir auf dem Tisch.
Ein Buch suche ich aus, mache es mir bequem, Versenkung in der Traumwelt. Beim Lesen esse ich zehn Äpfel, trinke Wasser dazu. Dann gehe ich zur Toilette, stecke den Finger in den Hals, erbreche. Das Spiel beginnt von vorn.
Er hat nichts Ekliges für mich, dieser Vorgang. Für mich ist er etwas ganz Natürliches, Normales. Nur so ertrage ich die Anfälle von Heißhunger, von Kontrollverlust.
Was für ein Reigen des Wahnsinns!
Ich beherrsche mich bis zur Askese und sehe mich auch so: als eine Minimalistin in der verschwenderischen Welt, als eine drahtige, widerspenstige Gegen-den-Strom-Schwimmerin. Ich weiß noch nicht, wohin und was ich eigentlich will, aber so wie die Anderen will ich jedenfalls nicht.
Ich fange an, als wandelnde Zeitbombe herumzulaufen, ein Lebensgefühl, das mich lange begleiten soll. Dieser Zorn, diese Aggressionen. Und dieses zerstörerische Beherrschtsein, unterbrochen von Labilität, von unendlicher Selbstaufgabe. Dann stopfe ich unkontrolliert Kuchen, Fleisch, Brot in mich hinein, wahllos, machtlos. Danach hilft nur noch das Entleeren und mit ihm die

bodenlose Verzweiflung.

Manchmal komme ich tagelang ohne Essen aus. Ich fühle mich wunderbar, schwebend dabei. Ich wiege neununddreißig Kilo und habe unendlich viel Kraft. Ich entdecke, daß mein euphorisches Gefühl, das durch den Nahrungsmangel kommt, noch zu überbieten ist: Wenn ich zuerst Unmengen esse, dann breche und danach einen Schnaps trinke.

Oder – noch besser – zwei.

Das Gefühl, das dabei entsteht, will ich immer wieder erzeugen, und es gelingt mir. Dieses Gefühl, abzuheben, in einer Wolke zu leben, ohne Verbindung zur Wirklichkeit, die ich nicht haben will, zu der ich nicht gehören will. In einer Zwischenwelt existieren. Zwar irgendwie *da* zu sein, aber auch wieder nicht mit den anderen zu sein. Dieses Doppelleben wird zur Hauptsache für mich.

Wichtiger als alles andere.

Daß ich nicht *gesund* dabei lebe, das weiß ich ganz genau. Was gesund ist, habe ich von den Anderen gehört, die immer ganz genau wissen, was gut für mich ist. In meiner Welt gilt das nicht. Für meinen Körper gilt das nicht. Der ist mir nicht egal, nicht gleichgültig. Im Gegenteil: Ich hasse ihn.

Am Anfang habe ich große Sehnsucht nach Hause. Seltsam, wie schnell die vergeht. Denke ich ans Heimfahren, dann nur daran, daß ich dort essen muß. Und irgendwie verstecken, wie dünn ich bin. Trainingshosen unter die Jeans, dicke, weite Pullover. Und trotzdem das Risiko, daß schon bei der Begrüßung am Bahnhof die Stimmung für das ganze Wochenende verdorben ist. Wenn nach einem scharfen Blick der Satz fällt: *„Du bist wie ein Blatt im Wind. Jeder Hauch wirft dich um!"*

Die Rettung ist mein Freund. Später will ich mit ihm

leben, später werde ich glücklich sein, dann werde ich auch das Essen wieder im Griff haben. Später, wenn ich mit ihm lebe, später, wenn ich Journalistin bin, später. Das Leben findet später statt.

Jetzt schreibe ich an ihn. Die Wochenenden verbringe ich am liebsten in der fremden Stadt. Im Cafè sitzen, schwarzen Tee trinken, seitenlange Briefe an ihn schreiben. Das macht mich unsagbar glücklich. Genauso glücklich, als wäre er da. Sogar noch glücklicher! Wäre er anwesend, könnte ich ihn mir nicht mehr zurechtträumen. Aber ich will ja nicht sehen, ich will träumen. Nur nicht aufwachen.

Mehr brauche ich nicht in dieser Zeit: schreiben, lesen, essen und wieder leer sein. Stundenlang zu Fuß durch die Stadt gehen, um die restlichen Kalorien auch noch zu verbrennen. Frei sein – und so schutzbedürftig, so gefangen.

Daß ich gegen mich selbst lebte, wußte ich damals noch nicht. Daß irgend etwas nicht in Ordnung war, ahnte ich schon. Glaubte ich, doch noch irgendwie davonzukommen, ohne mich einlassen zu müssen?

Nachts fror ich manchmal ganz jämmerlich in meinem Bett. Den kleinen Ofen heizte ich, bis er glühte. Packte mir noch eine Decke auf und noch eine – und fror trotzdem bis auf die Knochen. Eine Kälte, die mir Angst machte. Da kam sie, die leise Ahnung, ich könnte mir etwas wirklich Schlimmes antun. Eine Art Selbstmord auf Raten.

Da fiel mich der tiefe Wunsch an, ich möchte ganz normal sein, fröhlich, aufgeschlossen, teilnehmend am Strom des Lebens. Was stimmte nur mit mir nicht?

Ich zitterte mich durch die Nächte und war froh, wenn ich

noch ein Fläschchen hatte, das mich zumindest für eine kurze Weile wärmte. Ab und zu bekam ich Wodka von der Wirtin.

Da hatte mich die Richtige gefunden! Früher in einer Schnapsbrennerei beschäftigt, bekam sie als Rentnerin noch immer ihr Deputat und hatte es auch bitter nötig. Ich tat ihr alles zuliebe – mit ihr fernsehen, ihr Franzbranntwein in die müden Muskeln massieren, ihre Äpfel pflücken – und zum Dank leerten wir miteinander ihre immer vorrätigen halben Flaschen. Zu Ostern stellte sie mir ein Nest mit Likörchen auf die Treppe zur Mansarde. Sie kannte meine Wünsche offenbar genau.

Was war schon dabei! Getrunken wurde überall – bei der Wirtin genauso wie in der Redaktion.

Die eigentliche Arbeit fiel mir leicht. Ich nahm den Beruf, wie er eben war: Reportagetouren mit Kollegen, zuschauen und selbst erste Versuche wagen. Für die Glückwunschsendungen alberne Texte schreiben, erste Übungen absolvieren beim betonten Rundfunk-Sprechen und beim Schneiden der Interviews. Ein Mentor, der ein ungeschnittenes Interview von mir verlangte, anzuhören. Mein Stottern, mein unbeholfener Ausdruck – hochroter Kopf, Gipfel der Peinlichkeit. Ein Gefühl wie nackt Ausziehen mitten auf einer belebten Straße. Es ging vorbei, und ich lernte. Das Politische blieb hinter einer Mauer aus verschwiegenem Einverständnis.

Das wunderte mich nicht, ich kannte es ja gut. Jetzt zahlte sich aus, daß ich so bald verinnerlicht hatte, es gibt zweierlei Wahrheit: die eine, über die daheim am Familientisch gesprochen und geschimpft wurde, die andere, die ich öffentlich sagen durfte, in der Pionier- oder der FDJ-Versammlung. Ich nahm es hin mit einem Achselzucken. Du findest dich in einer Welt wieder und gibst dir alle Mühe, darin zu überleben.

Es war nicht schwer. Es überforderte mich nicht, da war ich sicher.

Das kleine Studio. Familiär, eine geschlossene Gesellschaft. Privates und Beruf verschmolzen miteinander.

So dauerte es nicht lange, und auch unter den Kolleginnen fanden sich mütterliche Figuren, die mich zu Essen riefen, die sich für mich verantwortlich fühlten.

Kein Mensch sprach damals schon von Bulimie.

Also mußte ich mein schreckliches Geheimnis, wie ich es verstand, und von dem ich glaubte, daß nur ich es hätte und sonst niemand, unter allen Umständen verbergen. Keiner durfte etwas davon wissen (obwohl es wahrscheinlich viele ahnten). Also auch auf der Arbeit tagelanges Hungern oder eben bergeweises Essen mit den üblichen Folgen. Ich spielte die Rolle der angehenden Journalistin, für die Mütterlichen die des kleinen Mädchens, und es wurde mir zur ganz alltäglichen Gewohnheit.

Nur manchmal nagten leise Zweifel an mir. Wenn größere Originalsendungen im Studio angesagt waren, dann ganz besonders. Jedesmal, wenn so im Haus das Adrenalin stieg, lange Tische aufgebaut wurden und wichtige Leute kamen, dann half ich in der Küche. Brötchen schmieren, Tische decken, abwaschen (zwischendurch immer naschen und kotzen) und die Leute bedienen.

Meistens kam erst ganz zum Schluß heraus, daß ich die Volontärin war und nicht die Tochter der Küchenfrau – die übrigens auch nie „Nein“ gesagt hat zu einem heimlichen Gläschen am Kühlschrank. Keiner hat verstanden, warum ich nicht bei den Journalistenkollegen gewesen sei, um ihnen bei der Arbeit über die Schulter zu gucken. Aber ich – was wollte ich? Lieber von außen beobachten, mich nicht festlegen lassen und doch irgendwie dazugehören.

Es blieb nicht bei den Essanfällen und beim Alkohol, ich fing auch an zu lügen und kleinere Dinge zu klauen. Bonbons und Schokolade in der Kaufhalle. Nicht, weil ich kein Geld gehabt hätte, eher aus Nervenkitzel und aus Rache an der Welt. Tickende Zeitbombe, die ich war. Auch manchmal aus Freßlust.

Oder, um den Mutter-Ersatz unter den Kolleginnen zu bestrafen. Tomaten und Erdbeeren aus ihrer Tasche waren meine Beute. Ich wurde erwischt und tagelang von den Kollegen geschnitten.

Mein Tiefpunkt. Eine schlimme Zeit.

Aber auch wieder passend zu meinem Lebensgefühl, nichts wert zu sein.

Wonneschmerz der bitteren Genugtuung.

Ich träumte mir meine Welt. Ich idealisierte den Mann. Je größer, schöner, stärker, klüger, selbstbewußter ER in meiner Phantasie wurde, desto kleiner, schwächer, hilfloser mußte ich sein.

Liebe konnte ich mir nicht anders vorstellen als genau so: errettet werden, an die Hand genommen werden. Ich schrieb sogar an eine religiös gebundene Freundin:

„Du hast deinen Gott, ich habe meinen Freund. Es ist dasselbe." Mir war nicht im Ansatz bewußt, was ich da geschrieben hatte.

Das Volontariatsjahr ging vorüber, ich wurde zum Studium geschickt.

Im Internat wohnten außer den Journalistikstudenten noch die Theologen. Es gab Verwechslungen, ich wurde auf den ersten Blick den Anderen zugeordnet.

Ich war klein, zierlich, schüchtern. Lange dunkle Locken und tiefer Blick aus lieben braunen Augen. Da war es wieder: dieses Nicht-Hineinpassen ins journalistische

Klischee. Dieses „Aber-trotzdem-Unbedingt-Etwas-beweisen-Wollen".

Ich fuhr jetzt noch seltener in mein Elternhaus. Die immer gleiche Sorge wollte ich nun endgültig nicht mehr hören. Zumal sie jetzt einen neuen Tenor bekam: *„Wie dünn du bist! Gar keine richtige Frau. Wie willst du jemals Kinder haben?"* Der Druck wächst. In diesem Land galt eine 26jährige schon als „Spätgebärende".
Das wollte ich nicht sein; wieder wollte ich es allen beweisen. Schwanger werden. Mitten im Studium, leistungsmäßig – wie konnte es anders sein – an der Spitze.

Ein Kind bekommen.
Aber es klappte nicht gleich. Jeder ärztliche Befund mit dem Vermerk „nicht schwanger" erschien mir wie ein Todesurteil.

Als ich es endlich doch soweit gebracht hatte, da war es wie ein Triumph. Jetzt war ich also eine werdende Mutter. Ein Grund, mir mit zähem Willen das gesunde, ausgewogene Essen anzutrainieren, jegliches Gift zu vermeiden – ich trank weder Alkohol noch Kaffee ab jetzt – und endlich ein Grund, auszusteigen. Eine offiziell anerkannte Entschuldigung, auch jetzt wieder parallel zu laufen. Dazuzugehören, aber eben nicht ganz. Und Gründe zur legalen Flucht gab es genügend. Ich konnte mich einfach ausklinken aus dem ständigen, sozusagen schwebenden Entscheidungsdruck: *„So eine wie dich könnten wir gut in der Partei gebrauchen."*
Parteijournalistin.
Ich hatte eigentlich keine gute Entschuldigung, ich wollte mich nur nicht organisieren lassen.
Inmitten all der staatlichen Kontrolle ein Stück Leben für mich allein behalten.

Gegen die großen Ziele der Partei hatte ich nichts, ich hatte nur die unbestimmte Sehnsucht nach Freiheit.

Jetzt mußte ich über all das gar nicht mehr nachdenken, ich hatte eine Baby-Auszeit geschenkt bekommen. Die wollte ich nutzen und – so gut ich konnte – auch genießen.

Rückzug. Und damit die Illusion, ich könne jederzeit aufhören und aus eigener Kraft zum „normalen" Leben zurückkehren. Was ich für mich selbst nicht hatte tun können, für mein Kind schaffte ich es: gesund leben. Und die Pause kam im rechten Augenblick; die Gefahr, abzurutschen, war sehr groß gewesen vorher.

Vor einem halben Jahr.

Mein zwanzigster Geburtstag im Studentenwohnheim. Er fing ganz harmlos an. Ich hatte Essen und Trinken besorgt, soweit mein knappes Budget es erlaubte. Nun saß ich da, mit meiner unvermeidlichen Gitarre, und immer mehr Kommilitonen kamen. Jeder brachte etwas mit, jeder eine andere Sorte Wein, Wermut, Bier. Wir sangen, aßen, tranken, lachten. Das ging so stundenlang – und mir, der Musikerin, wurden immer neue Gläser hingestellt, viele Sorten durcheinander. Ich schüttete alles in mich hinein, wahllos, ohne Durst und ohne Nachzudenken. Ich saß, spielte, sang und merkte nicht, wie ich immer betrunkener wurde. Irgendwann nachts stand ich auf, legte mein Instrument beiseite, ging zur Toilette.

Stunden später sah ich die angsterfüllten Gesichter meiner Freunde über mir. Ich war nicht zurückgekommen, sie hatten alles versucht, die Tür zu öffnen und lange dazu gebraucht.

Als sie endlich zu mir vorgedrungen waren, fanden sie mich ohnmächtig, hilflos. Da war kein Bagatellisieren, kein Verharmlosen, wie es nach Studentenbesäufnissen üblich ist. Angesichts meiner Veränderung spiegelte sich blanke Angst auf den Gesichtern der Anderen. Ich brauchte drei volle Tage, bis ich wieder aufstehen konnte. In meiner Erinnerung an den Geburtstagsabend waren große Lücken.

Zum erstenmal hatte ich so einen Zustand zwei Jahre zuvor erlebt, den Kommentar meines Vaters dazu hatte ich immer noch im Ohr: *„Bei dir ist das kein simpler ‚Kater‘; du hast einen handfesten Entzug!"*
Und nun lag ich in diesem schmalen Internats-Doppelstockbett mit denselben, diesmal noch schlimmeren Symptomen. Zittern, Erbrechen, Gelähmtsein.
Schon damals fanden sich Menschen, die sich gerade dann um mich kümmerten; die ich ganz offensichtlich anzog in meiner Schwäche. Pflegen, wieder aufpäppeln, Tee und Eier kochen, mir erste Nahrung wieder einflößen.
Irgendwann ging es mir wieder besser, ich vergaß die Schmerzen und das Demütigende. Irgendwann lachte ich über meinen Absturz und freute mich schon auf den nächsten Schluck.
Die ganz leise warnende Stimme in meinem Inneren wollte ich nicht hören. Aber als die Schwangerschaft feststand, nahm ich doch meine Erleichterung wahr: Gott sei Dank! Die Trinkpause kommt im richtigen Moment.

In dieser „Nun-wird-alles-gut"-Stimmung heirateten wir. Die Hochzeitsbilder sehen gruselig aus. Die Braut – ich – ein schmales Kind mit aufgedunsenem Gesicht. Weißes Kleid, Blumen im Haar, Blumen im Arm. Aber irgendetwas stimmt nicht, paßt nicht zusammen. An mir ist etwas Falsches, Krankes. Die Haare strähnig, das Lächeln gequält. Aber ich wollte die Ehe; wollte einen neuen Vater haben. Zu ihm sagte ich „Ja".

Tagebucheintrag am Polterabend

*„Und wider Erwarten ist die Sonne unser erster und herz-
lich willkommener Gast. Wenn Engel heiraten! Also
nämlich wir beide, F. und ich – ja, genau der! – wir wollen morgen hochzeiten oder in den heiligen Ehestand
treten oder ... egal.*
*Die Hauptsache: Wir wollen das. Und nichts so sehr. Es
gibt eben Sachen, die man selbst so lange nicht für möglich hält, bis einen die Wirklichkeit vom Gegenteil überzeugt. Ich kann mich nicht erinnern, jemals in meinem
Leben so froh – glücklich??? – gewesen zu sein. Ich
beschreie es aber nicht, Gefühle sind nicht laut bei mir.
Die Frage, was Liebe ist, stelle ich nicht mehr. Die
Zukunft ist unsere und schmeckt nach Himbeeren."*

Verheiratet sein.

Im Seminar neben einem Mitstudenten sitzen, der mein
Freund war. Die Hand mit dem funkelnden Ehering auf
den schmalen Tisch legen. Betont, provozierend.

Er reagiert so, wie ich es mir wünsche. Traurig, eifersüchtig.

*„Alles nur, weil bei dir nicht sein kann, was nicht sein
darf"*, zischt er herüber. Soll er zischen. Mein Wille
geschehe. Ihn habe ich nicht mal in Betracht gezogen.

Er ist gut als Pfleger meiner „Kater"- Zustände, er kennt
mich und hat immer eine halbe Flasche Wodka auf
seinem Fensterbrett stehen. Lockmittel für eine Schnaps-
drossel. Er hat auch immer Geld, genau wie die Studen-
ten, die aus einer geheimen, offen diskutierten Quelle
schöpfen. Meistens sind sie schon während der Armeezeit
vom Kundschafterdienst angeworben worden. Ich ahne
das und zucke innerlich die Schultern. Mich, in meiner
Traumwelt, erreichen solche Probleme nicht. Mich fragt
auch keiner. Für mich bleibt es beim *„eine wie du fehlt in
der Partei"*. Und das ist alles. So lange die verführerische

Flasche dort im Fenster steht, komme ich gern in das Zimmer der reicheren Studentenfreunde. Verheiratet oder nicht.

Schwanger sein.
Jetzt ändert sich alles. Kein Alkohol mehr, nur noch gesundes Leben. Wieder liege ich tagelang flach, diesmal, weil mir so übel ist während der ersten Wochen. Zwieback mit sauren Gurken, Vollkornbrot mit Buttercreme. Von Anfang an steht für mich eines fest: Ich werde mit dem Baby weiter studieren und zur selben Zeit wie die anderen fertig werden. Es gibt Mutter-und-Kind-Etagen in den Internaten, es gibt Sonderstudienpläne.
Für ein halbes Jahr verabschiede ich mich in die Entbindungspause, dann bin ich wieder da.
Mit Kind, Kinderkrippenplatz, mit meinem alten Ehrgeiz.
Wir ziehen in ein kleines Zimmer um, das uns nun ganz allein gehört. Mein Ehemann studiert auch, aber in einer anderen Stadt. Wir sehen uns nur an den Wochenenden.
Abends gehe ich nun nicht mehr mit den anderen zu Studentenfeiern oder zum gemeinsamen Kochen, ich bringe meinen Sohn ins Bett und hole dann den Lehrstoff nach.

Einsames Sitzen am Schreibtisch. Hinter dem Vorhang in seinem Gitterbettchen schnieft der Kleine im Schlaf. Leise, um ihn nicht zu wecken, stehe ich auf, öffne vorsichtig die Schranktür, greife zum Gin.
Jetzt habe ich meine eigenen Vorräte, die ich mit niemandem teile. Billiger Wachholderschnaps oder Wermut. Ich nehme einen tiefen Zug und gehe zurück zum Schreibtisch. Der Stoff wirkt, ich werde ruhig und entspannt. Die Angst fällt von mir ab. Angst, mir vielleicht doch zuviel aufgeladen zu haben, es vielleicht doch nicht zu schaffen. Was braucht ein Kind? Was brauche ich? Was kommt

noch auf uns zu?

All diese Fragen will ich nicht hören. Ich töte sie und bringe meine innere Stimme zum Schweigen.

Mit zusammengebissenen Zähnen hämmere ich mir den Lehrstoff in meinen Kopf.

Es ist zum Glück kein schwieriges Studium. Die meisten Fächer folgen der kommunistischen Logik, und die beherrsche ich im Schlaf. Es kommt mir so sinnlos vor, dieses Eingeschworenwerden auf die Große Linie. Wir reden oft darüber, daß wir dieses Studium nur *hinter* uns bringen wollen, und daß der Beruf dann später etwas völlig anderes sein wird. *„Mich interessieren nicht diese vier Jahre, mich reizt der Journalismus!"*, so enden viele glühende Diskussionen über Theorie und Praxis.

Ich entscheide mich immer wieder für die Flucht. Dabei sein und doch nicht so ganz dazugehören.

Wieder läuft es so, und mein Kind ist ein gutes Alibi dafür.

Ich schlage meine Bücher zu und gehe noch einmal zum Schrank. Über Alkoholismus weiß ich sehr viel, ich habe das Problem intellektuell längst durchdacht. Bei mir liegen die Dinge anders; ich kokettiere nur mit dem Stoff, ich nutze ihn ganz bewußt, ich kann jederzeit damit aufhören. In dieser Überzeugung lebe ich, kaufe ich meine Flaschen ein, trinke sie leer, entsorge sie. Ein harmloses Hilfsmittel, glaube ich. Das Leben ist weiß Gott schwer genug, ein wenig Erleichterung wird da ja wohl erlaubt sein. Ein Schlaftrunk, und ich falle in das Doppelstockbett.

Morgen früh wird alles von vorn beginnen. Studium mit Kind. Ich schaffe alles.

Die Sonne scheint, in den Cafés haben sie die Stühle herausgestellt, was für ein Tag! Mein Mann ist extra aus seiner Studienstadt hergekommen, wir wollen feiern.

Seit heute ist es klar: Ich darf mich „*Diplomjournalistin*" nennen. Alle Prüfungen liegen hinter mir, ich bin tatsächlich pünktlich mit den anderen fertig geworden, mein Prädikat lautet „*sehr gut*". Es gibt nichts mehr, was mich aufhalten kann. Was für eine starke Frau ich doch bin, auch wenn ich anders wirke.

Gerade, weil ich anders wirke!

Und wieder habe ich mich durchgesetzt, es wieder mir und allen bewiesen. Was soll mich jetzt noch aufhalten, ich bin die Größte! Was für ein Stolz, welches Selbstvertrauen. Wir gehen essen. Es gibt *Ragout fin* und mehrere Gin-Tonics.

Der Vorgeschmack auf die abendliche Feier. An so einem Tag *nichts* trinken, das ist ja wohl kaum vorstellbar. Heute fühle ich mich unverletzbar, grenzenlos.

Alle Grundsätze, die ich von meinem Vater kenne, haben sich bewahrheitet:

„*Was dich nicht umbringt, macht dich stärker.*"

„*Qualität setzt sich durch.*"

Ja, genau so soll es weitergehen: Ich will mich durchsetzen, und was mich nicht umbringt, soll mich stärker machen. Für mich kann es nur immer weiter bergauf gehen. Die nächsten Stationen stehen schon fest: Endlich wollen wir zusammenziehen, mein Mann und ich. In Berlin gibt es eine Redakteursstelle für mich und eine technische Arbeit für ihn. Wohnung ist überhaupt kein Problem, das organisiert der Rundfunk.

Endlich werden wir richtig zusammengehören; ich kann mir dabei nichts Kompliziertes vorstellen.

Auf dem Großen Studien-Abschlußball ist mir wieder schlecht. Auch vom Feier-Trinken, aber nicht nur.

Ein paar Tage später ist es Gewißheit: Ich bin wieder schwanger.

Ich bin noch nicht ganz angekommen in der neuen Arbeitsstelle, da werde ich schon zum Problem. Es gibt einen Mitbewerber aus meinem Studium für die jugendliche Redaktion. Gehässig, aber in's Schwarze treffend schickt er mir auf meinen Weg in die Hauptstadt mit: *„Na, Klasse. Die wollten dort sowieso keine Mutter mit Kind – und nun also auch noch eine, die gleich wieder schwanger ist! Sie werden noch bereuen, nicht <u>mich</u> genommen zu haben."*

Also beschließe ich, zu schweigen.

Ich trete meine erste Arbeit an, ziehe in die zugewiesene Wohnung. Zweieinhalb Zimmer Altbau, parterre, ohne Bad, mit Außenklo. Jeden Abend machen wir das Badewasser für den Kleinen auf dem Gasherd warm. Es ist dunkel und feucht in unseren Zimmern, dafür kosten sie so gut wie nichts. F. wird später eine Duschecke einbauen, aber der Hausschwamm, der Stärkere, wird Löcher in die Fußböden nagen und uns aus den ungastlichen Räumen vertreiben. Doch zunächst beginnen unsere vier höllischen Jahre.

Als nach einigen Monaten mein Bauch sich rundet, wird natürlich alles klar. Jetzt bin ich ein Thema. Die Kaderleiterin ist empört: *„Warum hatten Sie denn kein Vertrauen zu uns Genossen?"*, die Redaktion tagt wegen mir. Kein Vertrauen zu haben in den Staat, in die Partei, das wiegt schwer. Und zu ändern war es trotzdem nicht.

Die peinlichen Aussprachen gingen vorüber, ich lernte den Job in kleinen Schritten. Texte für die Moderatoren schreiben, erste eigene Beiträge hereinholen, Sendungen für die Wochenenden bauen. Wir nahmen uns viel kreative Zeit damals und setzten uns nicht gegenseitig unter Druck. Wir wollten nicht die Größten, Schnellsten, Aktuellsten sein – und das war ein Weg für Journalisten, viele Jahre gesund und motiviert ihrem Beruf nachgehen zu können. Mit der kommunistischen Logik gingen wir so um, wie wir es gelernt und geübt hatten: In stillem Einverständnis betonten wir sie laut und deutlich, wo es sich nicht vermeiden ließ; taten dabei allermeistens unsere schöne Arbeit in leiser Tapferkeit, fanden menschlichere Worte und testeten die Grenzen immer neu. Immer freitags hörte ich die Titel für eine Stunde Heavy-Metal-Musik an und schrieb gemeinsam mit dem Musikredakteur die Texte dazu.

Heute ist meine Tochter ein eingefleischter Hard-Rock-Fan, und ich vermute, das stammt noch aus dieser Zeit, als sie unfreiwillig das Dröhnen der Bässe mit anhören mußte. Trotz lauter, nervtötender Klänge war es kein Streß.

Wenn ich es mir recht überlege, bin ich davon überzeugt, daß wir damals nicht einmal das Wort kannten: Streß.

Ich hatte keine Angst, dem Konkurrenzdruck nicht gewachsen zu sein, ich sorgte mich nicht um die Existenz. Als ich mich schließlich in den Baby-Urlaub verabschiedete, tat es mir richtig leid. Gerade war ich heimisch geworden in dem neuen Kollektiv, da sollte ich schon wieder in meine parallele Welt verschwinden.

Was sollte ich tun – ich brach meinen Berufsstart ab und wurde zum zweitenmal Mutter. Allerdings nicht, ohne zuvor noch *die* Entscheidung getroffen zu haben, vor der im verträumten Land fast Jede und Jeder irgendwann einmal stand.

„Eine wie dich brauchen wir dringend in der Partei. Überleg doch mal, was du alles bewirken könntest ..." – Wie oft hatte ich diesen Satz nun schon gehört!

Während der Studienjahre hatte ich immer um Bedenkzeit gebeten, die Allerwelts-Entschuldigung benutzt, ich sei in meiner Entwicklung wohl noch nicht soweit. Die Wahrheit, daß ich einfach kein Parteien- und Gemeinschaftstyp bin, hätte niemand akzeptiert.

Alles und jeder einzelne Mensch in dieser Republik hatte gefälligst betont und laut politisch zu sein, auch und gerade in meinem auserwählten Beruf. Auf eine eindeutige, vorgeschriebene Weise.

Es störte mich in meiner Fluchtwelt, daß ich immer wieder darüber nachdenken sollte. Sie sollten mich in Ruhe lassen; ich wollte weiterhin *da* und doch nicht ganz dabei sein. Aber es kam der Tag, als ich es satt hatte. Mein Söhnchen studierte schon mit mir, ich dachte an die großen, ganzen, guten Ziele und gab auf.

Nach meinem „*Ja*" begann ein hochnotpeinlicher Prozeß. Ich erhielt parteierfahrene Patengenossen, und es gab eine Veranstaltung im Hörsaal, mit dem versammelten Studienjahr. Ich trat vor sie alle hin, um meinen Wunsch zu begründen und wünschte mir nichts sehnlicher, als absolut und vollkommen ehrlich sein zu dürfen. Ich redete vom neuen Gefühl des Mutter-Seins, von meinem Kind und seiner friedlichen Zukunft und davon, daß „Frieden", „Freundschaft", „Gerechtigkeit für alle" schon Ziele seien, die ich unterschreiben könne. So aufrichtig wie möglich wollte ich mich dabei fühlen und hatte doch die Kehrseite verdrängt: das Freund/Feind- und Schwarz/Weiß-Denken, in dem wir alle schon immer lebten. Dieses Grundgefühl, auf der einzig „richtigen" Seite zu stehen. Der feindliche, um Untergang verurteilte Kapitalismus als Gegner; die Menschen „drüben" konnten uns nur leid tun.

Wie oft eigentlich hatte ich bissige Übungskommentare geschrieben, polemisch gegen das andere Land, das ich noch nie mit eigenen Augen gesehen hatte? Es gab die West-Tante, von der natürlich niemand wissen durfte. Ein paarmal habe ich im Gespräch mit ihr streiten wollen, aber sie nickte verständnisinnig meinen Eltern zu: *„Sie kann ja nichts dafür. Eure Kinder müssen so reden, die haben ja in der Schule nichts anderes gelernt."* All dies – daß unser Frieden, unsere viel beschworene Freundschaft immer nur für die gelten sollte, die in unseren Augen die „Guten" waren – hatte ich aus Bequemlichkeit verdrängt. Ein Teil von mir hatte schon früh aufgegeben; ich wollte nur noch meine Ruhe haben.

Die Probezeit, in der herausgefunden werden sollte, ob ich der großen Sache würdig sei, hatte noch in den letzten Studientagen begonnen.

Da stand ich nun in dem großen Hörsaal, vor mir die Mitstudenten.

Ich sagte etwas von der friedlichen Zukunft, die ich mir für mein Söhnchen wünschte. Von der Harmonie zwischen allen Menschen auf der ganzen Welt, für die ich auch mit sorgen möchte. So ungefähr.

Als meine Rede vorüber war, und darüber abgestimmt werden sollte, ob ich fähig genug sei, die Reihen der Partei zu stärken, da hoben alle bis auf den letzten Mann, die letzte Frau, die Hand. Einstimmige Zustimmung. Erst später an diesem Tag, im Internat, hörte ich giftige Kommentare: *„Das sei ja wohl keine Begründung gewesen, dieses allgemeinmenschliche Wischi-Waschi, kein zündender, markiger politischer Hintergrund..."* – *„Ihr hättet doch nur mit ,Nein' stimmen müssen, wenn Ihr meint, ich sei nicht reif für das Große, Gemeinsame"*, sagte ich achselzuckend. Aber ich wußte, soweit wäre es niemals gekommen. Zu sehr brauchte die Partei den Nachwuchs. Auch, wenn die Kandidatenauswahl kompliziert schien und es als eine gewaltige Ehre anmutete, aufgenommen zu werden, letzten Endes war doch uns allen klar: Nur allzusehr war jeder Neuzugang willkommen. Ein Jahr lang mußte ich mich nun „bewähren", die Patengenossen mich bei meiner Bewährung beobachten. Danach, und schon mit dickem Bauch, hatte ich noch einmal vor einem Kreis – diese Mal schon die Rundfunkkollegen – auszusagen. Es stand ein allgemeines Lächeln im Raum. Formsache, das wußte hier jeder. Entspannt und freundlich diesmal das „Ja", und wenige Tage vor der Entbindung von meiner kleinen Tochter wurde ich feierlich zur Genossin erklärt. Ich hakte es ab, fühlte mich vielleicht sogar ein kleines bißchen bedeutend – und ging nun endgültig in das Erziehungsjahr.

Zurück in meiner Welt.
Ich war glücklich über das gesunde Baby, denn tief in mir bohrte das schlechte Gewissen. „Wenn es so weitergeht, dann bekommst du besser keine Kinder mehr", diesen Vorwurf hatte ich des öfteren gehört. Völlig zu recht, denn hatte ich während der ersten Schwangerschaft noch auf jegliches Gift verzichtet, so nahm ich es in dieser schon nicht mehr ganz so genau. Hier und da mal ein Glas Wein, Sekt zu Anstoß-Anlässen oder für meinen Kreislauf; ein Gläschen kann doch nicht schaden! Kaum konnte ich es erwarten, daß ich endlich nicht mehr stillte. Wieder frei sein von solcher abhängiger, verantwortungsvoller Qual; endlich, endlich wieder mit den anderen mithalten können! Nach ein paar Monaten war die Kleine soweit, daß ich beruhigt abstillen konnte. Sie entwickelte sich wunderbar, wurde rund und fröhlich und nahm Nahrung zu sich, die ich in Töpfen und Fläschchen anrühren konnte. Erleichtert fing ich wieder an, mir hochprozentige Vorräte einzukaufen. Schließlich war ich den ganzen Tag zu Hause. Der Streß mit den beiden kleinen Kindern, da würde Jeder mal ein Gläschen zur Brust nehmen!
So dachte ich, und es fing wieder an.
Schlimmer als jemals zuvor.

Von Zeit zu Zeit packte mich die Reue.

In einer großen Kraftanstrengung und Gewaltaktion trug ich alle gesammelten Schnaps-, Wermut- und Wein- flaschen zur „Sekundärrohstoff-Annahmestelle". Ein paar Pfennige gab es dort für´s gläserne Leergut. Mir war jedesmal, als fiele eine riesengroße Last von mir ab, wenn ich mein Leergut losgeworden war und das bißchen Geld in die Tasche steckte. Mit meinen Einkaufsnetzen und dem Kinderwagen zog ich von dannen, fühlte mich heller, lichter und mindestens um zehn Kilo leichter. Ja, die Welt war schön, mein Leben wieder sauber und ge- reinigt. Bestimmt würde auch ich schaffen, was doch so viele zu schaffen und zu können scheinen: ein Leben, das irgendwie „ordentlich" und geradlinig schien, so klar und zielstrebig. Ich sah sie vor mir, die „tüchtigen" Frauen, die „geordneten" Familien, die Blumenbeete anlegen, Balkons pflegen, regelmäßige Mahlzeiten zubereiten konnten. Es wurde wieder dunkler um mich herum. Nein, dazu hatte ich einfach nicht die Kraft. Irgendein finsteres Geheimnis umgab mich immer; ich würde nie ganz dazu- gehören, nie im Alltag aufgehen, so wie es offenbar all den Anderen gegeben war. Das ganz normale Frausein. Ich brauchte nur meine Mutter anzuschauen: ein Haus bauen, die Männer mit Essen versorgen, einen Garten zum Blühen bringen, immer neue Kuchenrezepte erfin- den, stricken, nähen, zupacken – aktiv sein. So würde ich nie sein. Mit solchen Frauen, die ich sehr bewunderte, konnte ich mich nicht im mindesten vergleichen. Ich hielt mich mit Mühe knapp über der Oberfläche – immer kurz davor, zu ertrinken.

Verzweifelt liebte ich meine Kinder, von Anfang an und bis zum heutigen Tag. Aber diese gute Seele, die energie- geladene Versorgerin, die umsichtige, nimmermüde Organisatorin des täglichen Lebens, die ich so gern ge- wesen wäre – die war ich einfach nicht.

Was oder wer war ich denn dann?

Ich steuerte mit Netz und Kinderwagen die Kaufhalle an. Traurig schlich ich durch meine trübe Welt, nur noch einen Gedanken im Sinn: *„Eine Flasche Gin zu Hause zu haben, kann ja nicht schaden. Jetzt habe ich so einen großen Hausputz hinter mir, alles ist wie leergefegt, kein Tropfen Alkohol mehr da. Die eine Flasche nur noch und danach keine mehr. Was ist denn schon dabei, jeder hat eine Hausbar – oder etwa nicht?! Das ist überhaupt die Idee: Ich sollte mir eine Hausbar anlegen, mit allen Sorten drin. Falls Besuch kommt, hätte ich dann immer etwas anzubieten. Jede ordentliche Hausfrau sorgt dafür, daß etwas Trinkbares im Hause ist ...“*

Ich kaufte ein, und nach ganz kurzer Zeit hatte ich wieder mein Leergut-Entsorgungsproblem. Besuch war keiner dagewesen.

Tagebucheintrag als die Kinder zweieinhalb und vier Monate alt sind
„Es ist kein Drama, sich nicht (mehr) zu lieben. Im Gegenteil: Ohne Gefühl hört alles auf, dramatisch zu sein. Während ich das schreibe, habe ich die Befürchtung, F. guckt mir dabei über die Schulter. Er läßt mir keinen Freiraum mehr; keine Zeit, in der Vertrauen sich spannen kann zu ihm. Zu sehr ist er schon an dessen Selbstverständlichkeit gewöhnt. Ich weiß mir keinen Rat mehr, und es hat keinen Zweck, mit ihm reden zu wollen. Wahrscheinlich können wir erst später alles überblicken – vielleicht zu spät.
Stell dir eine Mauer oder eine Art Wand vor; zuerst vielleicht mannshoch und handbreit. Aber jedesmal, wenn ich versuche, dagegen anzurennen, löst sie sich in Luft auf. Das aber nur, um hinterher um so höher und dicker

wieder dazustehen – und wieder renne ich davor. In´s
Leere. So immer weiter, bis alles sinnlos geworden ist.
Und F. ´s Rolle dabei?
Der von der anderen Mauerseite kommende Wanderer,
der jedesmal unschuldsäugig behauptet, da sei überhaupt
nichts, kein Hindernis, gar nichts Trennendes. Er hat auch
rosarote Brillen mit, von denen er mir eine anbietet.
Aber einmal sind auch die alle ...
Zuweilen sitze ich in lauter Scherben. Glaube, ich bin
wirklich lebensuntüchtig.
Aber für welches Leben?"

In dieser Zeit begannen unsere schlimmen Nächte. Ich
konnte nicht verstehen, was uns trennte, wollte verzweifelt versuchen, die Brücke wieder zu bauen. Er sollte
mir zuhören, mich verstehen; er sollte machen, daß ich
wieder lieben konnte.
Ihn, mich selbst, uns. Aber ich war ohnmächtig und haßte
dieses Gefühl.
Ich konnte ihm nichts ein*reden* und nichts ein*prügeln*,
und es wurde aussichtsloser, je mehr Alkohol im Spiel
war.
Wann wird ein Opfer zum Täter? Was sind das überhaupt
für Begriffe: Opfer – Täter!
Warum schlug ich zu?
Der erste Urmensch, der je sein Kind geschlagen hat,
muß – über viele Generationen – auch meinem Vater die
Hand geführt haben. Ich glaube, kein Mensch weiß das
gern von sich selbst, daß er schlägt. Er war wohl selbst
am meisten entsetzt darüber. Genau wie ich jetzt. Ein
ganz bestimmter Zusammenhang muß ihm klar geworden
sein, denn um die eigenen Aggressionen zu stoppen, setzte er schon bald die harten Getränke für sich ab. Danach
wurde es besser.
Er kochte wohl noch, aber er lief nicht mehr über.

Jetzt hatte ich selbst sein Erbe angetreten. Mein Körper hatte sie nicht vergessen, die „ausgerutschte Hand". Alles war in meinem Gehirn abgespeichert. Das abschwächende „Ein Kind muß schon mal eine harte Hand spüren, mir hat es schließlich auch nicht geschadet" ebenso wie die Demütigung, der Schmerz; das anhaltende Gefühl, nichts wert zu sein. Jetzt brach alles aus mir heraus. Und anders als mein Vater konnte ich das Glas nicht mehr so einfach stehenlassen.

Ich schrie, ich beschwor, ich wütete, ich schlug um mich. Der Schnaps, der mich beruhigen sollte, bewirkte das Gegenteil. Wogegen kämpfte ich nur alles an?

Am Morgen lief ich F. oft genug barfuß im Nachthemd auf die Straße nach – er auf dem Weg zur Arbeit, ich vor einem weiteren Kinder-Tag – und wollte nur das Eine: Es sollte schnell alles wieder gut werden.

Die Schrift im Tagebuch wird seitenweise krakelig, fast unlesbar. „Alles ist zu Ende. Du hast nie begriffen, F. ... Nee, was du nicht weißt von mir, das kann ich dir auch nicht schriftlich sagen."

Und etwas klarer, ein paar Tage später:

„Ich hatte wieder den Wahnsinn. Leider traf er heute den Wecker. F. hat mitnichten mich repariert, sondern ist auf Knien dem guten Stück hinterhergekrochen und verbringt jetzt den Rest des Abends damit ... Der Mann, den ich mal lieben werde, wird nicht in so scheißengen Grenzen leben.

Schöner Quatsch! Es gibt ihn nicht für mich, und der Grund sind leider meine eigenen blöden Grenzen. Wie erträgt man bloß diese Schrecken ohne Ende?"

Die Scham, die Verzweiflung wuchsen. Sehenden Auges stürzte ich ab, immer tiefer, immer mehr in die Einsamkeit. Die Arbeit sollte mich retten. Als das Töchterchen 18 Monate alt war und ich sie langsam, über ein paar

Wochen, in der Kinderkrippe eingewöhnt hatte, war es soweit: Ich durfte wieder dazugehören zur Welt der Erwachsenen. Mit meinem alten Feuereifer stürzte ich mich in den Beruf, blieb oft bis spät abends in der Redaktion, wo wir bei einigen Flaschen Wein allzu gern die Welt veränderten. Unsere Ehe wurde zur Organisationsgemeinschaft: morgens hatte ich die Kinder, nachmittags er. So konnte er zeitig in seinem Büro sein, und ich mußte am Nachmittag und am Abend nicht gar so sehr auf den Feierabend achten. Einkaufen, Haushaltsdinge, Kinderbetreuung – alles erledigte er.

Lange dauerte es nicht, und ich konnte morgens nicht aufstehen. F. rief für mich in der Redaktion an, erfand Entschuldigungen. Wollten Kollegen mich besuchen, nach mir sehen, machte ich die Tür nicht auf. Solche Fehltage häuften sich, und ganz allmählich galt ich als „psychisch kränklich". Eine Kollegin sagte mir es einmal auf den Kopf zu: „Weißt du, du bist hier das schwächste Glied, und das wissen alle."

Tagebucheintrag aus dieser Zeit

„Der Alkoholiker ist eben nicht unter einer Kategorie zusammenzufassen! Jeder einigermaßen sensible A. ist nicht unbedingt gleichzusetzen mit stupiden Säufern. Während ich das schreibe, vermute ich beim eventuellen Leser weises Kopfschütteln ('... sie weiß gar nicht, wie sehr sie sich verrät ...') – nur darin liegt der Pferdefuß: Ein kluger A. fühlt sich wie ein zu unrecht Eingesperrter und für unzurechnungsfähig Erklärter – es gibt keinen mehr, der das, was er sagt und tut, nicht auf den Alkohol zurückführt. So wird er, langsam aber sicher (Mensch, guck doch mal, wie sicher ich noch in Rechtschreibung und Kommasetzen bin!!!) in die Ecke gequetscht, in die er sich selber (???) gestellt hat. Es ist furchtbar, nach Hilfe zu schreien und dabei stark und lieb und zärtlich *aussehen zu müssen. Es gibt irgendeinen Grundwiderspruch, der zum selbstzerstörerischen System wird unter bestimmten Bedingungen.*

Warum finde ich keine gemeinsamen Wörter mehr mit dem, den ich am meisten liebe, dem ich diese Art von Selbsterniedrigung nicht antun will?

Stell dir einen vor, der sich nicht so ausdrücken kann, daß die anderen ihn verstehen. Wenn die klügsten Gedanken, die größte Zärtlichkeit in einem wohnen, der abstoßend und häßlich aussieht, der nicht clever und geschickt ist, der die entscheidenden Situationen mit blinder Sicherheit alle verpatzt – er hätte keine Chance! Wahr ist: Zu trinken ist Selbstaufgabe. Nur, wer entscheidet über das Maß an Kraft, das einer zum Leben aufbringen muß ...

Ich habe das sichere Gefühl, daß der Falsche das irgendwann einmal alles liest!"

Eines Morgens wache ich auf, und mir ist schlecht, wie so oft. Wieder kann ich nicht unterscheiden: Kommt das vom Alkohol oder bin ich krank?

Dieses Mal ist es die Schrecklichste aller Möglichkeiten: Ich habe jeden Tag Hochprozentiges zu mir genommen in den letzten Wochen, und ich bin wieder schwanger.

Was soll eigentlich noch alles passieren, damit ich endlich aufwache?

Dieser Gedanke kommt mir oft in dieser Zeit. Nun habe ich also meinen Tiefpunkt erreicht, schlimmer *kann* es nicht mehr kommen. Ich finde nicht einen Menschen, der mir zu dieser Schwangerschaft rät. Auf meine Umwelt mache ich inzwischen einen so labilen Eindruck; mir traut keiner mehr etwas zu. Und ich selbst natürlich am allerwenigsten. Ich kann nicht für mich selber sorgen und kaum für meine schon vorhandenen beiden Kinder. Und nun ein drittes? Noch dazu mit diesem Risiko: Ob der ständig zugeführte Alkohol den Fötus nicht ohnehin schon schwer geschädigt hat. Es gibt keine Antworten.

„Denk doch daran: es ist ja noch gar kein richtiges Kind, nur Zellen. Das weiß doch jeder. Mach es dir doch nicht so schwer."

Zwei Kolleginnen sind auch schwanger in dieser Zeit. Ich beneide sie.

Die Schwester meines Ehemannes ist schwanger. Ich platze beinahe bei einem dieser Familien-Kaffee-und-Kuchen-Treffen. Ich will es herausschreien: *„Hier! Ich bin auch schwanger und habe schon den Abtreibungs-termin, weil keiner es vernünftig findet, daß ich noch ein drittes Kind bekomme!"* Ich schweige. Trinke nach dem Kaffee einen Schnaps, wie alle, außer der Schwägerin. Nun ist es doch schon ganz egal, wo ich das Baby sowie-so nicht bekommen werde. Die Trauer, die Wut, das Auf-begehren – ich schließe es tief in mir ein. Ich schlucke es, Kognak für Kognak, mit hinunter. *„Du bist nicht der Typ für viele Kinder. Jetzt konzentrier´ dich doch auf die, die schon da sind. Damit hast du genug zu tun."* Die wenigen Menschen, denen ich mich anvertraue, sind sich in dieser Meinung einig. Sie sagen mir alle dasselbe.

Ich muß mich fügen. Es ist vernünftig. Ich habe keinen Freund, der mir etwas anderes rät.

Und eine gute Freundin bin ich mir selber schon über-haupt nicht.

Warum schneit es an diesem Frühlingsmorgen?

Die Kälte und der nasse Nebel kriechen überallhin. Ich friere, wie ich noch nie gefroren habe. Vor der grauen Allerwelts-Platten-Fassade des Krankenhauses steigen wir aus unserem blauen „Trabant". Betäubt und eisig bis auf die Knochen wanke ich auf steifen Beinen durch den

Schneematsch zum Gebäude. In der Halle verabschieden wir uns voneinander. *„Das war sie jetzt, unsere Ehe"*, sage ich noch. *„Hiermit ist sie für mich endgültig vorbei."*

Ein Schwangerschaftsabbruch.

Im verträumten Land keine Sache, die einer Frau besonders schwergemacht wird. Ein Gespräch, ein Überweisungsschein, ein Termin. Ein nüchternes Krankenzimmer, vier Frauen. Zwei davon kennen sich gut aus, die Eine ist sogar schon zum fünften Mal hier. Die Ärztin wird sie später ermahnen, daß das kein Sonderurlaub sein kann. Die dritte, offenbar eine Studentin, ist so ängstlich wie ich selbst.

Dennoch: Wir üben einen flapsigen Ton. Lockere Sprüche, als wir unsere vier Fragebogen ausfüllen. Gespielte Leichtigkeit, um das schwere Herz nicht zu spüren. *„Ob ich schwanger bin, wollen die hier wissen? Keine Ahnung, woher auch!"* Rauhes Gelächter aus vier Frauenkehlen.

Was muß eigentlich noch passieren? Was muß noch passieren, damit ich endlich aufhöre, oder damit ich zumindest weniger trinke? Das ist die bohrende Frage in mir, die auch das verzweifelte Lachen nicht übertönen kann. Abends liegen wir in unseren Betten, stricken, lesen, sehen fern. Da öffnet sich die Tür spaltweise, ein Blumenstrauß, ein Männerkopf. Die Studentin reißt die Augen auf, lächelt zögernd, dann springt sie auf, fällt dem Besucher um den Hals. Er nimmt sie gleich wieder mit. *„Ich habe nachgedacht. Es wäre ein Fehler, Liebste. Wir werden es schaffen und unser Kind bekommen – meinst du nicht auch?"*

Warum kann ich nicht die Liebste sein?

Ich fühle mich schuldig, schuldig, schuldig.

Daß ich einfach krank bin, so kann ich es nicht sehen. Es

kommt mir auch gar nicht in den Sinn. Nein, es ist meine Schuld, ganz allein. Wäre ich nicht so ein willensschwacher Mensch, dann könnte ich trinken wie alle anderen auch. Kontrolliert. Merken, wann ich genug habe. Dann würde ich jetzt nicht hier liegen.

Eine Frau wie ich – warum kann ich das Glas nicht einfach stehenlassen? Sie sagen es doch alle immer wieder zu mir: *„Ausgerechnet du? Eine Frau mit so einem starken Willen? Die immer genau wußte, worauf es ankam. Du darfst ja trinken, um Himmels Willen. Aber trink doch bitte nicht so viel. Sag einmal ‚Nein‘, wenn Alkohol angeboten wird, nur einmal.“* Es gelingt mir nicht ein einziges Mal – so groß die Demütigung, die ich dabei empfinde, auch sein mag.

Es gelingt mir nicht.

„Was muß eigentlich noch passieren?“ Meine Frage, die mich über Stunden verfolgt. Noch ein Gespräch. Ich weine, glaube den Abscheu der Ärztin vor mir zu spüren. Dann klemmt eine Hünin von Krankenschwester mich unter ihre starken weißen Fittiche, ich bin willenlos.

Alles ist viel schneller vorüber, als ich gefürchtet hatte. Ich komme zu mir, liege wieder in meinem Krankenbett und bin nicht mehr schwanger.

Innerlich bin ich tot.

Das Gefühl, das in mir aufsteigen will, kann ich nicht zulassen. Es würde den Rest von mir auch noch umbringen, das weiß ich genau.

Ich setze mich vorsichtig auf. Blätter auf den Knien, beginne ich zu schreiben. Nicht über mich; ich beschreibe meine Mitpatientinnen, erzähle von ihren abendlichen Gesprächen. Nur nicht über mich selbst nachdenken. Dann schon lieber die professionelle Beobachterin sein.

Der journalistische Blick ist mein Schutz, meine Über-
lebenschance.

„Was soll noch passieren?"
Jetzt bin ich mir ganz sicher: nichts weiter. Das hier ist
mein Tiefpunkt, von nun an werde ich nichts mehr
trinken.

Meine Familie wird mir dabei helfen. Wie immer rede ich
wie ein Buch, kann meinen Ehemann ohne Schwierigkeiten überzeugen. Von Trennung ist keine Rede mehr.

Wir werden neu anfangen, diese Krise überwinden. Es
geht wieder bergauf.

Ich verspreche, mich zu ändern, mit dem Trinken aufzuhören. Er verspricht mir: Wir machen zusammen
Urlaub. Vielleicht bin ich danach schon wieder schwanger. Ein neues Kind – warum eigentlich nicht? So könne
wir alles wiedergutmachen, glauben wir. Wir zementieren
einander die Illusion, weil wir anders den Augenblick
nicht überleben könnten.

Nichts davon ist eingetreten. Nichts davon hatte etwas
mit Wirklichkeitssinn zu tun. Und mein Tiefpunkt war
das noch lange nicht.

Tagebucheintrag
*„Einer der schwärzesten Tage in meinem Leben. Hört das
denn nie auf?*
*Von alleine jedenfalls nicht. Habe heute schlimme
Bauchschmerzen auf der rechten Seite. Zwei Schmerz-
tabletten genommen. Ansonsten ist heute mein erster Tag
ohne Drogen! Es muß sein."*

Mir fällt ein neuer Ausweg ein: Ich werde mich einmal
gründlich durchchecken lassen. Gespräche mit einer
Psychotherapeutin, Untersuchungen von Kopf bis Fuß;
Magen- und Darmspiegelung – alles, was es gibt. Mit

großer Energie nehme ich mein neues medizinisches Programm in Angriff. Wie immer finden sich liebevolle Menschen, die mir helfen, die mich sofort unterstützen. Eine Ärztin, die mich über Wochen krankschreibt, verständnisvolle Kollegen *(„Hauptsache, du kommst wieder auf die Beine")*, ein Psychologin, die versucht, ruhig zu bleiben, selbst als sie ahnt, daß ich nach unseren Treffen immer auf dem Weg zur S-Bahn in eine Kneipe einkehre.

Wenn es um den Alkohol geht, lasse ich alle Hemmungen und Berührungsängste fallen. Da stehen Männer am Tresen, die sofort verstummen, wenn ich den Schankraum betrete. Selbstbewußt baue ich mich neben ihnen auf, bestelle einen Schnaps. Höre mir nach einer Weile ihre platten Stammtisch-Weisheiten an, lasse mich einladen, lasse mich auch mal umarmen. Viel zu spät erreiche ich die Bahn, viel zu spät bin ich zu Hause. Wenn mein Mann vor Sorge wütend ist, was kümmert es mich!

Das ist höchstens ein weiterer Grund zum Trinken. Entweder aus meinen Vorräten, die mir immer schneller ausgehen, oder aus einem weiteren Zapfhahn, zu dem ich mitten in der Nacht noch einmal losziehe.

Es geht bergab mit mir.

Und dennoch bin ich körperlich offenbar kerngesund. Alle Untersuchungen enden glimpflich.

Die Therapeutin gesteht mir, daß ich sie aggressiv mache. Ich falle aus allen Wolken. So habe ich mich schließlich noch nie gesehen! Ich bin doch das ewig sympathische Mädchen, die harmlose liebe Seele, everybody´s darling. Aber sie meint, meine dauernde Heuchelei und meine Lügen halte sie nicht mehr aus. Weiß sie doch ganz genau, daß ich – nachdem ich mich bei ihr ausgejammert habe – sofort wieder meinen Lieblingsstoff nachgieße. Die Frau empört mich! Sollte sie mir nicht helfen? Von nun an ist sie für mich gestorben. Ist sie nicht ohnehin viel zu alt, gehört einer anderen Generation an, die meine Sorgen und meine Bedürfnisse sowieso nicht ganz verstehen kann?

Ich lasse mich weiter krankschreiben und noch eine Weile körperlich auf den Kopf stellen. Da, endlich, wird etwas gefunden. Ein Gallenstein. Dieser kirschgroße Kiesel ist von diesem Moment an mein allerwichtigstes Alibi. Auf ihn konzentriert sich alles: mein Bedürfnis nach Erklärung, mein Wunsch, auszusteigen, mein Verlangen, vor der Umwelt rehabilitiert zu werden.

Deshalb war mir also immer so schlecht!

Darum kann ich nicht arbeiten gehen. Ich arme Frau muß mich nun einer dringenden Operation unterziehen. Eine kleine Zusammenballung in meiner Galle, die mir nie irgendwelche Schwierigkeiten gemacht hat (kam der Stein vielleicht sogar vom übermäßigen Alkohol"genuß"?), muß ab jetzt herhalten für alles, was bis dahin in meinem Leben schiefgelaufen war.

Da war sie wieder, meine „Phönix-aus-der-Asche"-Vision. Kein psychischer Grund, kein Alkoholproblem, sondern ein Gallenstein, der sich mittels eines stationären Klinikaufenthaltes verhältnismäßig schnell entfernen lassen würde. Diese neue Pause sollte der Beginn meiner dauerhaften Abstinenz sein.

Nun aber wirklich!

Ich lief in das Krankenhaus ein wie im Triumphzug. Nichts auf der ganzen Welt war so wertvoll wie diese plausible Erklärung für alle meine offensichtlichen Konflikte.

Jeder mußte das akzeptieren, und noch dazu konnte ich von jedem Mitgefühl erwarten. Mein Leben war wieder rund. Es ging aufwärts, glaubte ich. Ich war noch einmal mit einem blauen Auge; einem Gallenstein davongekommen.

Aus einem Brief an Freunde

„Wir kommen zur Zeit mit dem Streß nicht ganz klar. Sind dermaßen eingespannt beide, daß wir uns zuerst dauernd gestritten, dann dauernd getrunken haben – und nun mache ich vorsichtshalber eine Sendung gegen Alkoholismus, weil's echt schlimm geworden war.

Es ist ein Hörspiel mit anschließender Diskussion.

Außerdem ist in unserer altehrwürdigen Wohnung der wurmstichige Fußboden (ausgerechnet!) im Kinderzimmer durchgebrochen. Schönes Loch zum Keller – wahrscheinlich müssen wir räumen, weil ein Pilz dahinter vermutet wird.

Aber die Bürokratie waltet nur ganz gemächlich ihres Amtes, und wir drehen bald durch. Wie der olle Brecht schon sagte: ‚Mit einer Wohnung kann man einen Menschen erschlagen wie mit einer Axt.' Unsere Baby-Pläne werden vielleicht doch noch einmal aktuell. F. ist nicht abgeneigt – und ich? Erst einmal geht es ja sowieso nicht, damit die Narbe auf dem Bauch nicht gleich wieder platzt. Da bin ich fein 'raus, was?"

Die Redaktion schickt mich für eine Woche zu einem Moderations-Lehrgang.

Es ist mein 26. Geburtstag, und die sogenannte Feier *in den Geburtstag hinein* war mörderisch. Eine Nacht mit zwei Männern, meinem eigenen und einem Kollegen, in den ich verliebt bin. Wir sind alle drei ratlos mit der Situation und retten uns in Phantasien: Warum soll es zum Beispiel *nicht* möglich sein, zu dritt „verheiratet" zu sein! Warum immer nur diese Zweierbeziehungen, die die Spießer sich ausgedacht haben müssen! Das Leben ist bunt, sollte da nicht Platz sein für neue, ungewöhnliche Modelle? Wir philosophieren Stunde um Stunde, vor allem der Andere und ich.

Das ist das Anziehendste an dieser Affäre: Wir geben einander ein revolutionäres Gefühl. Tagsüber bei der Arbeit (wir sind uns einig: Miteinander Sendungen machen, das ist enorm erotisch), in unserer Freizeit, wenn wir essen, trinken gehen und die Gesellschaft verändern.

Wenigstens theoretisch. Immer öfter treffen wir uns auch bei mir zu Hause, sehen fern, reden und entkorken unzählige Flaschen.

F. macht auch an diesem Abend irgendwie alles mit, erträgt es, läßt das Absurde über sich ergehen.

Dann ist er müde, geht ins Bett und richtet vorher noch die Couch für den Freund. Wir bleiben zurück, tief in der Nacht und starren auf das Sofa. *„Hier haben wir die bettgewordene Versuchung"*, stammelt mein Seelenverwandter – und wir widerstehen ihr auch nicht lange. Nebenan schlafen die Kinder, nebenan schläft mein Mann.

In mir ist kein Funken eines schlechten Gewissens, nur Trotz und – wieder einmal – jede Menge Prozente. Wir haben literweise Wermut getrunken, schließlich habe ich Geburtstag.

Als das Objekt meiner Begierde eingeschlafen ist, bleibe ich alleine wach.

Was noch übrig ist in den Flaschen, trinke ich jetzt aus. Am nächsten Morgen soll der Lehrgang beginnen, das ist mir jetzt, in diesem Augenblick, egal. Der nächste Tag scheint noch Jahrhunderte entfernt zu sein. Es gibt nur mich, meine Probleme, die mir allmählich über den Kopf zu wachsen scheinen, und meinen *wahren* Geliebten, den Alkohol. Er ist der Einzige, der mir noch ab und zu Erleichterung verschafft. Immer seltener, das muß ich zugeben. Und immer öfter ist das Erwachen grausam. Auch jetzt habe ich nur den einen Wunsch: Bitte nicht mehr nachdenken müssen und bitte, laß es mir nachher nicht so schlecht sein.

Woher nehme ich die Kraft, immer noch morgens auf-
zustehen und die Kinder in den Kindergarten zu bringen?
Hat eigentlich nie irgendwer etwas gemerkt?
Oft fange ich sofort an zu würgen, nehme schnell noch
einen Schluck, um auf die Beine zu kommen. An diesem
Tag habe ich gar nicht erst geschlafen, und mein Pegel ist
noch nicht gesunken. Als die Kleinen versorgt sind –
mein Ehemann ist, wie immer, schon seit Stunden auf
Arbeit – wecke ich den Anderen.
Es geht ihm nicht gut. Das schlechte Gewissen. Bitter
denke ich: was für ein Luxus, den er sich da leistet! Und
was ist mit mir? Ich koche ihm Tee, hole Brötchen vom
Bäcker.
Ein paar Tabletten, und allmählich kommen wir auf die
Beine. Er hat versprochen, mich zum Bus zu fahren, der
die Teilnehmer des Lehrgangs transportiert. Und er hält
sein Versprechen. Noch im Auto küssen wir einander – es
darf keiner der Kollegen merken – und verabschieden uns
für eine Woche. Ich steige betont fröhlich in den Bus,
begrüße die mitfahrenden Kollegen, lassen mich be-
grüßen.
Wir machen uns auf den Weg zum rundfunkeigenen
Landheim.
Eine Stunde Fahrt, und dann erinnert nichts mehr an die
Großstadt. Wald, ein See, idyllische Ruhe und eine Villa
wie ein Märchenschloß. Es könnte schön sein, es könnte
so erholsam sein, doch nicht für mich. Ich werde ganz
langsam wieder nüchtern, und damit kommt auch die
Verzweiflung wieder. Ich will sie nicht spüren müssen,
aber jetzt, im Moment, kann ich nichts nachgießen. Und
so steigt das Grauen unaufhaltsam in mir auf. Eine
Begrüßungsrede, ein Einführungsvortrag. Dann gibt es
Mittagessen: hartgekochte Eier in Senfsoße. Ich würge an
jedem einzelnen Bissen. Vielleicht geht es ja doch gut?
Die Seminare gehen weiter, und zum Kaffeetrinken ist

klar: Es geht *nicht* gut, mir ist erbärmlich schlecht.

Mit knapper Not schaffe ich es die Treppe hinauf zu den Toiletten. Dort bricht alles aus mir heraus: das Essen, die übermüdete Schwäche, der ganze Wahnsinn. Es ist nichts von mir übrig. Ich bin ein Häufchen Unglück, der Schatten einer Frau. Ich wünsche mich in´s Krankenhaus oder in ein Kloster. Nur schlafen, schlafen, schlafen – endlose Ruhe, bis ich wieder bei mir bin, bis ich gesund bin. Aber ich muß am Leben teilnehmen. So wie ich mich jetzt fühle: zitternd, grenzenlos am Boden.

Als alles heraus ist, geht es mir ein bißchen besser. Ich wasche mein Gesicht, atme tief durch und nehme den Rückweg in Angriff. Die Treppe wanke ich hinunter, nur nicht hinfallen, da steht an ihrem Fuß die ganze Truppe:

„Herzlichen Glückwunsch zum Geburtstag!"

Jemand reicht mir ein Glas Wein, ich lache und proste den Anderen zu. Beim Trinken geht es mir sofort besser.

Sie schenken mir auf meinen Wunsch nach.

Ich werde wieder ein Mensch.

Wir unterbrechen die erste Lehrveranstaltung für eine Art spontanen Stehempfang zu Ehren meines Geburtstages. Natürlich verspreche ich lauthals, am Abend *„Einen auszugeben".*

Ein junger Mann kommt auf mich zu, wir stoßen an.

Ich habe ihn vorher noch nie gesehen, obwohl er ganz in meiner Nähe auf dem großen Radiogelände arbeitet. Er hört „meinen" Sender, kennt meine Stimme, will Vieles wissen. Ich stelle mich schon auf das übliche Frage-Antwort-Spiel ein, da geschieht etwas:

Die Zeit bleibt stehen, die Gesellschaft um mich herum, das Stimmengewirr verschwimmt, entfernt sich. Ich sehe mein Gegenüber *richtig* an, sehe ihm in die Augen und fühle mich plötzlich zu Hause.

Was ist das nur für ein Blick?

Wir müssen uns aus einem früheren Leben kennen, so vertraut ist er mir.

Mitten in meinem ganzen Elend ist mir, als würde ich aufwachen. Nichts anderes möchte ich mehr tun als immer weiter in diese gütigen, unglaublich tiefen, gründunklen Augen schauen.

Er soll bei mir bleiben, so wie jetzt, ganz nah.

Was hat mich da für ein Blitz getroffen?

Als ich es am allerwenigsten erwarte, findet mich das, was die Leute „Liebe auf den ersten Blick" nennen.

Ich kann es nicht fassen, ich kann noch weitere komplizierte Verwicklungen in meinem Leben überhaupt nicht gebrauchen, ich wehre mich dagegen. Am Abend dieses Tages halte ich mein Versprechen, bezahle den Kollegen eine Runde Getränke auf mein Wohl und ziehe mich dann ziemlich schnell zurück. *„Du brauchst vor allem Schlaf, Mädchen"*, versuche ich, mich selber zu beruhigen. Ich liege im Bett, das ich mit einer Kollegin teile, und ich kann nichts weniger als schlafen. Wenn es auf der Welt eine Frau gibt, die noch mehr durcheinandergeraten ist als ich, dann möchte ich sie jetzt kennenlernen. Aber ich bin ganz allein. Meine Haut abstreifen und aus meinem eigenen Leben fliehen können. Um eine *„Arbeitsflasche Wermut"* drehte sich das kurze Gespräch mit dem jungen Mann mit den schönen Augen vorhin noch.

Eine Arbeitsflasche zusammen trinken. Sieht man mir schon an, daß mich mit einem Schluck jeder locken kann?

Spürt man es, daß dies der Weg zu meinem Herzen ist?

Aber hier ist viel mehr passiert als nur die Gier auf das nächste Glas.

Was geschieht mit mir?

Irgendwann in dieser Nacht legt sich die Kollegin zu mir in das Doppelbett. Sie schläft sofort ein, ich liege wach. Wie lange kann ein Mensch ohne Schlaf überleben?

Der Lehrgang geht weiter. Bei praktischen Interview- und Moderationsübungen lernen wir einander besser kennen. Es gibt viel zu lachen; jede und jeder stellt sich klug und ungeschickt an, hat überraschende und unbeholfene Ideen. Das bringt uns gegenseitig schnell näher, beinahe wie in einer Psychotherapie. In diesem Beruf kann man sich nicht lange verstecken. Immer geht es auch um mich selbst; ein Stück von mir bringe ich immer mit ein. Wir üben, hören einander zu, üben wieder.
Ich werfe verstohlene Blicke zu R., dem Mann aus früheren Leben.
Von Stunde zu Stunde erscheint er mir anziehender, verführerischer.
Seine Bewegungen sind vollkommen; alles, was er tut, tut er *ganz*.
Er hat große Hände mit langen, schlanken, aber unglaublich kräftigen Fingern.
In jedem Drehen an einem Regler, Verbinden zweier Kabel, in jedem Aufbauen eines Mikrofons ist er völlig *anwesend*. Ich ertappe mich dabei, daß ich eifersüchtig werde auf die andere Journalistin, die gerade spricht, der er konzentriert zuhört, die er mit Vorschlägen unterstützt. Die er freundlich fragt, ob sie durstig sei.

Ich weiß inzwischen, daß auch er verheiratet ist.

Nein, das geht nicht! Ich muß mir meinen Irrsinn austreiben, mich zusammenreißen, auf den Boden der Tatsachen zurückkehren. *Was mich nicht umbringt, wird mich stärker machen.* Mit der altbekannten, gewohnten Zähigkeit und Selbstüberwindung ignoriere ich, was da unter der Oberfläche vorgeht, absolviere diszipliniert meine Lektionen, lasse mich loben und verbessern; versuche vor allen Dingen, nicht dauernd in die Ecke zu schielen, in der das Technikpult steht – und sein lächelnder Bediener mit diesen Augen. So vergeht der zweite Tag, und abends bin ich wieder die Erste, die schlafen geht. Ich brauche Ruhe und Erholung. Dieses Mal finde ich wenigstens zwei Stunden traumloser Besinnungslosigkeit.

Am Abend des dritten Lehrgangstages bin ich wieder zur Flucht entschlossen.
Zum Arbeiten bin ich schließlich hier, nicht, um mir mein Leben noch schwerer zu machen als es ohnehin schon ist. Auf dem Weg zu meinem Zimmer muß ich ein kurzes Stück über den Schloßhof. Fast habe ich die Tür erreicht, da spricht mich aus einer Nische jemand an. Er ist es. Mit diesem Lächeln in den Augen fragt er mich, ob ich wirklich schon ins Bett gehen wolle. Er schlägt einen Spaziergang vor.
Ich höre mich zustimmen. Ist es Verlegenheit oder die unbegreifliche Vertrautheit?

Jedenfalls fange ich an, zu erzählen. Einen Film, eine spannende Geschichte, die ich sehr mag.
Er hört zu, während wir durch die stille Dunkelheit laufen. Es könnte gruselig sein: der nächtliche Wald, meine schaurige Erzählung, aber das ist es nicht.
Wir haben uns eine „Auszeit" von der Welt genommen. Es gibt keine Gefahren mehr, nur noch uns beide, die klare Luft und das Unaussprechliche, das zwischen uns wächst. Als ich aufhöre zu reden, sagt auch er nur *„Du kannst wunderbar erzählen"* und dann nichts mehr. Wir sind in unserem Märchenschloß zurück, und, als sei das ganz natürlich, gehen wir schweigend in sein Zimmer.

Dort wartet tatsächlich die „*Arbeitsflasche Wermut*" – sogar mit Zitrone, die in einer Ostgemeinde gar nicht so leicht zu besorgen war Wir gießen uns ein, und ich fange wieder an zu reden.

Dieses Mal von mir, von meiner verrückten Lage zwischen zwei Männern.

Wie zufällig berühren mich seine Finger, zart, vorsichtig, fragend.

Ich höre auf, zu reden, zu trinken. Ich will mehr von diesen Händen, die mich durch ein bloßes Streicheln nach Hause zu bringen scheinen. Alles verändert sich.

Ich lasse mich fallen, fallen, fallen. Meine Konturen lösen sich auf, mein Wille gibt seinen Geist auf. Ich werde so weich wie noch nie und lasse es einfach geschehen.

Die Vernunft hat auf leisen Sohlen das Zimmer verlassen.

Später in dieser Nacht wandert eine heimliche Expedition unserer Kollegen kichernd am Fenster vorbei. „*Findest du nicht auch – es ist, als ob sie es uns alle gönnen*", flüstert mein Geliebter dicht an meinem Ohr.

Ich weiß genau, was er meint.

Während mein Kopf schreit und warnt, spricht mein Herz eine andere, ebenso eindeutige Sprache: Es ist richtig, es ist natürlich, es ist vollkommen.

Es *soll* so sein.

Es soll nicht so sein, und ich schlage hart auf.

Die Lehrgangswoche ist zu Ende, und ich sehe ihm beim Kofferpacken zu.

Wohin ist die Wärme verschwunden, das vertraute Gefühl?

Jetzt klingen seine Worte kalt für mich, überlegen. Wir seien doch beide erwachsen, verheiratet, ich sogar mit zwei kleinen Kindern. Wir wüßten schließlich ganz genau, wie sowas läuft. Man hat eine innige Zeit zusammen, und dann kehrt man zurück.

Ich kann nicht fassen, was ich da höre.

Jetzt laufen mir doch die Tränen über das Gesicht.

Aber er bleibt dabei. Es war schön, aber das muß es nun gewesen sein.

Wie schwer es mir fällt, jetzt meine unverletzbare Fassade wiederaufzurichten!

Mit aller Kraft versuche ich es, und es gelingt mir mehr schlecht als recht.

Aber ich überlebe auf dem Weg zurück.

Wieder hat mich niemand gerettet. Noch gebe ich die Hoffnung nicht auf.

Der Bus bringt uns zunächst zum Rundfunk. Mir ist es lieber so, ich will noch nicht nach Hause. Ich suche meinen seelenverwandten Revolutionär und finde ihn im Produktionsstudio. Kraftlos setze ich mich hin mit meiner Reisetasche, warte, bis er mit seiner Arbeit fertig ist. Dann hat er Zeit für mich, ich heule mich bei ihm aus.

Es ist vielleicht ein Vorteil, daß er ausgebildeter Seelenzergliederer ist – so entbrennt sofort sein professionelles Interesse an mir. Er habe so etwas schon lange vorausgesehen, analysiert er mich auf die Schnelle. Und es sei seiner Meinung nach jetzt meine wichtigste Übung, F. gegenüber nicht sofort mit dem Seitensprung herauszuplatzen. Und so vereinbaren wir eine Art „Nebenher-Instant-Therapie": An jedem neuen Arbeitsmorgen würde er mich fragen, ob ich durchgehalten hätte.

Ich halte nur wenige Tage durch, dann erzähle ich dem Ehegatten alles. Er schluckt zwar, aber er ist verständnisvoll wie immer. Unendlich, unvorstellbar geduldig. Egal, was ich gemacht habe, er wird mir wohl immer wieder alles verzeihen. Warum bin ich nicht glücklich?

R. mit den schönen Augen sehe ich lange Zeit nicht wieder. Ich kultiviere und hege meine Wut auf ihn. Ich balanciere weiterhin auf meinem alkoholischen Pfad. Eines Tages auf meinem Feierabendweg ruft mir jemand hinterher. Er ist es, und wir trinken in der Kantine noch schnell einen Kaffee.
Er habe sich geirrt und könne mich nicht aus seinem Herzen reißen – so einfach, wie er sich das gedacht habe. Er müsse immerzu an mich denken.

Als ich das höre, reift ein Racheplan in mir. Nun werde ich ihm wehtun, so weh, wie er mir damals, am Lehrgangsschluß. In meiner Redaktion verbreite ich die Weisung, daß ich grundsätzlich nie zu sprechen sei, wenn er anruft. Und meine Affäre mit dem Psycho-Kollegen beginnt jetzt erst recht.
Ich klammere mich an ihn wie an einen Strohhalm.
Aber es ist zu Ende, bevor es recht begonnen hat.
Ich sitze nachts in der S-Bahn, ich komme von meinem Tiefenzergliederer.
Soeben hat er mit mir Schluß gemacht, er könne sein schlechtes Gewissen meinem Ehemann gegenüber nicht mehr länger tragen. Eine Umarmung auf dem Bahnsteig, es tue ihm sehr leid. Ich steige in den Zug ein und bei der nächsten Station gleich wieder aus. Ein Kiosk hat noch geöffnet; ich kaufe ein große Flasche.
Ich suche mir ein einsames Abteil, schraube den Verschluß auf. Die scharfe, klare Flüssigkeit rinnt meine Kehle herab.
Schlagartiges Versinken.
Alles fällt von mir ab, rutscht an mir herunter wie der Seifenschaum in einem entspannenden Duschbad. Sein Anblick löst sich auf, ich selbst löse mich auf.

Als die Räder auf meinem Heimatbahnhof quietschen, ist die Wodkaflasche leer.

Vollständig betäubt finde ich nach Hause, falle in das Ehebett und über meinen Mann her. Eine Erinnerung von Schmerz hallt noch in mir nach, als ich ihm Liebe und Begehren vorspiele. Nur nie mehr Aufwachen, nie wieder diese Messer spüren.

Tage vergehen im Nebel.

Eine Nachbarin hat mich ohnmächtig gefunden, ich lag zusammengekrümmt auf dem Bürgersteig.

Bis heute weiß ich nicht, wer sie war. Auch nicht, auf wessen Schoß ich gesessen habe in einer dieser Kneipen, in die es mich trieb, wenn des nachts meine Vorräte zu Hause wieder einmal alle waren.

Heute noch trifft mich manchmal ein Blick aus wissenden Augen von Jemandem, den ich nicht kenne. Dann stehen sofort die Fragezeichen in meinem Kopf: einer von damals? Was weiß er von mir? Aber die Zeit ist mein Freund. Menschen vergessen schnell. Oder sie honorieren im Stillen, daß ich mich sichtlich und so augenscheinlich positiv verändert habe. Wer weiß! Beim Bäcker, Drogisten, am Gemüsestand, zu jedem Schulfest und an Elternabenden bin ich heute wieder eine geachtete Frau wie jede andere auch.

In meinem Haus wohnen nur noch zwei Mietparteien, die mich betrunken kennen. Niemand scheint sich mehr an das hilflose Bündel zu erinnern oder es sich auch nur vorstellen zu können. Selbst die Bars und Nachtcafés; die Bierstampen in meiner Gegend scheinen mich zu verlassen: Eine ist inzwischen ein Blumenladen, eine wurde zur Bankfiliale, eine dritte ist bis auf Weiteres geschlossen und wird vielleicht ein Reformhaus. Alles hat sich vollkommen verändert.

Damals aber konnte ich mir eine solche Veränderung zum Guten nicht vorstellen.

Ich saß auf einer Rutschbahn geradewegs in die Hölle. Nichts würde jemals wieder „gut" werden; ich hatte schon soviel falsch gemacht, das mußte ins Chaos führen. Das Gespenstischste dabei war, daß ich nach außen hin noch immer „funktionierte".

Die Umbruchzeit reifte ganz langsam heran, die sogenannte „Wende".

Ich spürte es deutlich in meinem Beruf: Die Schlingen zogen sich immer enger, der Druck auf uns nahm zu.

Sendungen, die irgendwie irgendwem nicht paßten oder die die Große Linie zu verlassen schienen, ließen die „Abzeichner" auch schon mal komplett in den Papierkorb laufen.

Abzeichnung – was für ein demütigender Vorgang!

Du trottest mit deinem fertig produzierten Werk einem der Chefs in den Abhörraum hinterher, um die Sendung vorzuspielen und hochnotpeinliche Fragen zu beantworten.

War etwas politisch anrüchig, so fand sich immer leicht ein Weg, die Sendung zu verhindern. Die große „Argu" (die politische Linie, die „von oben" verkündet wurde, manchmal von Tag zu Tag neu) mußte nicht lange diskutiert werden. *„Darüber sprechen wir nicht!"*; *„Unsere Menschen sind nicht so!"*; *„Wo ist eigentlich dein politisches Bewußtsein?".*

Je mehr sich die gesellschaftliche Situation zuspitzte, desto verschärfter wurde auch der Abzeichnungsvorgang. Ich habe es selbst erlebt, daß ich mit einer Diskussion über Umweltprobleme bei *drei* versammelten Leitungsinstanzen antreten mußte. Auch hier: Papierkorb. Mein letztes Fünkchen Stolz ließ mich noch verkünden: *„Ich ziehe meine Sendung zurück!"*

Auch dies war eine willkommene Entschuldigung zum Trinken. Jeder würde das tun.

Diese Situation ist nur im Suff zu ertragen!

Aus einem Brief an Freunde

„Meiner Redaktion haben sie nun doch noch den entscheidenden Schlag versetzt: Die Redaktionsleiterin ist abgelöst worden, dafür wurde uns der Parteisekretär vor die Nase gesetzt. Damit wir auf den rechten Weg zurückfinden ...

Das ist alles sehr unerfreulich, weil dadurch wieder einige Sendungen ‚gestorben' sind, die wir geplant hatten oder die teilweise sogar schon fertig waren.

Ich sitze jetzt andauernd am Mikrofon, weil Leute krank werden wie verrückt und andere bei der jetzigen politischen Lage nicht mehr live auf den Sender wollen. Das ist (trotz des ganzen Weltfrustes) meine Haltung nicht: Was soll es schließlich nützen, wenn wir das Radio zumachen oder den Anderen überlassen! Klingt unwahrscheinlich stark, was? F. würde darüber den Kopf schütteln, er kennt mich auch ganz anders (verzagter). Auf alle Fälle bin ich in meiner Redaktion nach wie vor von klugen Menschen mit Rückgrat umgeben, und wir schaffen es hin und wieder schon, Sendungen ins Programm zu bringen, die der Ehrlichkeit zum Sieg verhelfen und vielleicht ein kleiner Lichtstreif am Horizont sind.

Ins Zentrum der Stadt fahren wir jetzt nicht mehr so gerne, noch dazu an einem 40. Republikgeburtstag wie heute (nun suchen wir dringend eine Nachrichtensendung, damit wir wieder auf das Laufende kommen) – also waren wir mit den Kindern am Flughafen, den Airbus angucken. Einmal mußten wir schlucken, als nämlich unser Jungpionier seit drei Tagen Pionierhemd und rotes Halstuch anlegte und verkündete: So werde er jetzt den ganzen Tag herumlaufen, es sei schließlich Feiertag.

Ich habe F. überzeugt, daß wir ihn lassen müssen, wir wollen doch keine Kinder mit Doppelbewußtsein erziehen. Aber komisch war mir doch zumute. Na ja, abends ist ohnehin alles dreckig gewesen und wanderte in die Waschmaschine ..."

Kurz vor der sogenannten friedlichen Revolution in der DDR hatte ich einen wiederkehrenden Traum:
Wie immer bringe ich morgens die Kinder in den Kindergarten, gehe danach zur Arbeit. Kaum angekommen auf dem großen Rundfunkgelände, finde ich mich als Gefangene wieder. Plötzlich ist Militär überall. Bis an die Zähne bewaffnete uniformierte Gestalten, die uns umzingeln, die Wache besetzen. Wie ein Lauffeuer verbreitet sich die Kunde: Wir sind bis auf Weiteres eingeschlossen, alle Radiosender sind feindlich besetzt (von welchem Feind – keine Ahnung!), und es gibt nur einen Weg, herauszukommen: Wir müssen uns mit Westgeld freikaufen. Jetzt beginnt ein zäher, erbitterter Konkurrenzkampf unter meinen eigenen Kollegen. Die einen besitzen die begehrten Münzen und Scheine, die anderen – zu denen ich gehöre – haben sie nicht.
Das heißt – ein Fünfmarkstück steckt noch in meiner Hosentasche. (Ich bekomme so etwas ab und zu von meinen Schwiegereltern für Lakritze, setze es aber meistens in exotische Schnapsfläschchen um. Zwei Gründe habe ich dafür: Am Wochenende, wenn ich in größter Not bin, hat nur der „*Intershop*" auf, und: Irgendwo in meinem Hinterkopf lauert der Gedanke, der wertvolle Westfusel kann ja gar nicht süchtig machen.) Aber das reicht bei weitem nicht.
Also flehe ich und bettle. Kollegen, die Soldaten. Erzähle von den Kindern, die aufs Abgeholtwerden warten. Kein Erbarmen. Weder bei den Einen noch bei den Anderen.
Es gibt wohl Tauschaktionen von enormen Summen.

Aber nur da, wo es etwas zu tauschen gibt: Reichtum, Versprechen für zukünftige Arbeitsplätze, marktwirtschaftliche Erfahrungen. Ich, schwächstes Glied, gehe leer aus. Ich habe nichts anzubieten. Also bekomme ich auch das Lösegeld nicht.

In meinem Traum sehe ich zerknitterte Scheine nur so flattern, von Hand zu Hand wandern. Kollege nach Kollege darf die Sperre passieren. Hinaus in die Freiheit. Nur ich muß bleiben. Kein Geld, keine Hoffnung.

Was für ein Wende-Alptraum.

Aber es gibt sie auch im wirklichen Leben, die Schon-Bescheidwisser, die Mit-Allen-Wassern-Gewaschenen, die ahnen, wo es jetzt hingehen wird mit uns. Ich kann mich nicht genug darüber wundern.

In einem Gefühl revolutionären Aufwindes wählen wir unsere Chefredaktion und die Intendantin ab.

Eine letzte gemeinsame Aktion mit meinem analytischen Seelenzergliederer. Wir treffen uns des Abends, beschließen, an so einem wichtigen Tag fast überhaupt nichts zu trinken. Arbeiten ein Redemanuskript aus, das ich morgen in einer großen Belegschaftsversammlung vortragen soll. Ich, schwächstes, aber sympathisches Glied. Mir wird jeder zuhören, schon aus Freundlichkeit.

Ein Teil von mir weiß bereits: Wieder lasse ich mich manipulieren. Aber die andere Clara will davon nichts wissen. Zu verführerisch ist das Bewußtsein, Geschichte zu schreiben. Ein anarchistisches Gefühl.

Hatten unsere Chefs nicht all die Jahre über mit autoritärer Hand über uns bestimmt, streng nach kommunistischer Logik geführt, die Weisungen „von oben" gnadenlos durchgesetzt?!

Nun sollten sie weg, denn mit den Alten würde es nicht gehen in die neue Aufbruchzeit.

Am nächsten Tag die Versammlung.

Die Intendantin spricht, sie appelliert daran, daß wir ihr vertrauen, mit ihr gemeinsam einen Weg für unser Radio suchen sollen. Noch während sie redet, hebe ich die Hand. Angst, mich das vielleicht später nicht mehr zu trauen. Dann komme ich dran. Am Anfang zittert noch meine Stimme, dann werde ich fester im Vortrag des Textes, den der Andere geschrieben hat. Was er auslöst, ist unbeschreiblich.

Wütend gehen wir aufeinander los.
Zornige Gesichter, hilflose Gesichter.

Dann einer, der mir richtig Angst macht, ein Musikredakteur. Er scheint das Kommando zu übernehmen, weiß offenbar besser als wir anderen, worauf es nun ankommt.
Ein Mann mit kapitalistischer, marktwirtschaftlicher Erfahrung.
Ein Stasi-Mann, wie wir viel später erfahren sollen.
Schon jetzt fühle ich mich wie ein naives Kind. Das kurz aufmüpfig gewesen ist und nun ganz schnell wieder in seine Schranken verwiesen wird. Ich brauche dringend etwas zu trinken.
Aber das Tribunal geht weiter. Andere sprechen, stehen auf, schütteln die Köpfe oder springen auf den fahrenden Zug der Ungeheuerlichkeiten auf. Am Ende, nach mehreren Stunden, verlassen sie den Raum: Chefredakteur und seine Mitarbeiter, die Intendantin, der in kürzester Zeit ihr ganzes Lebenswerk genommen worden ist.
Ich höre eine Sekretärin noch empört ausrufen: *„So geht das aber nicht! Es gibt doch Arbeitsverträge, Vereinbarungen. Ihr könnt sie doch nicht so einfach hinauswerfen!“*
Wir können. In dieser Zeit ist *alles* möglich.
Wir wählen uns einen neuen Chefredakteur. Aber unse-

rem Radio haben wir wenig gedient.

Bei mir bleibt ein schales Gefühl zurück. Zumal mein Analytiker den Text der flammenden Rede nicht herausgeben will, als die Intendantin am nächsten Tag danach fragt.

Warum nicht?

Ich bin noch lange nicht soweit, zuerst einmal mich selbst zu fragen, ob *ich* neuer Herausforderungen fähig bin, reif für eine neue Zeit. Zuerst einmal – wie bequem – suche ich alle Fehler bei den Anderen.

Was diese Monate bedeuteten an Kraft, Aufgeben-Wollen und Durchhalten-Müssen, das kann nur jeder für sich selbst beantworten.

Bei mir leiteten sie einen Zusammenbruch ein, der mein ganzes Leben betraf, wie es bis dahin gewesen war. Kein Stein blieb mehr auf dem anderen.

Wieviele Flaschen mich dabei begleitet haben, ist nicht mehr zu zählen. Ich ahne nur: Auch ich hätte ein sogenanntes Wendeopfer sein können. So wie der Bruder einer Freundin. Anfang dreißig war er, als er am Alkohol starb. Sie hätte es je geahnt, sagte sie mir, er sei ohnehin immer zu sensibel für diese Welt gewesen. Lebensuntauglich eben. Und dann dieser einschneidende Übergang! Da hätte er sich überhaupt nicht mehr zurechtgefunden, die neuen Zeiten einfach nicht verkraftet. So brach die Sucht heftig und endgültig aus, um ihn nicht wieder loszulassen. Vielleicht war es auch besser so.

So hätte meine Geschichte auch enden, das hätte ich sein können.

Genauso würden Freunde, Verwandte, Kollegen, Ärzte heute vielleicht von mir auch sprechen: typisches Wendeopfer. Selbst meine Hausärztin, zu der ich offen bin, mag diese Erklärung lieber: *„Das waren bei Ihnen damals die Zeiten. Wir haben alle schwer gelitten, Sie eben noch ein bißchen mehr."*

Unsere Zeiten sind nicht schwerer gewesen als die in anderen Menschenleben auch.

Nur: Ich hatte meinen scheinbaren Ausweg gefunden und machte, wo es ging, Gebrauch davon. Aber längst hatte die Sucht die Kontrolle übernommen; aus einem anfänglichen Spiel mit der Flucht aus der Wirklichkeit war tödlicher Ernst geworden.

Mein immer vorhandener, nichts fordernder Geliebter; mein Weg des geringsten Widerstandes – die Flasche – hatte sich gegen mich gekehrt.

Ein Wochenende im Herbst 1989. Meine Schwiegereltern sind zu Besuch. Vorm Rathaus steht eine Menschenmenge, fordert die Politiker lautstark zur Ehrlichkeit auf, die Leute stellen Fragen. An einer Kirche treten Frauen, Männer, Kinder auf das Podium, tragen Gedächtnisprotokolle vor über die Stasi-Haft und brutale Polizei-Zugriffe. Das Land ist in Aufruhr, und wir – in Familie – gehen in einen großen *„Intershop".* Ich bekomme die Lampe aus asiatischem Reispapier geschenkt, die ich mir schon so lange wünsche. Freuen kann ich mich nicht. Ich bin irgendwie am falschen Platz. Anschließend Mittagessen in einem teuren Restaurant. Für die Kinder bewahre ich Haltung. Aperitifs gibt es auch, das besänftigt. Als ich es gar nicht mehr aushalte, gehe ich „für kleine Mädchen" und rede lange mit der Klofrau. Sie ist mir näher als die Fremden an dem Tisch dort draußen, ausgenommen meine Kinder.

Irgendwie überstehe ich den Anstandsbesuch. Mit knapper Not nur.

Kaum sind die Eltern weg, verabschiede auch ich mich.

Ein Bild sehe ich noch heute vor mir, das mir das Herz zerreißen will: F. am Ende unseres langen Altbauflurs in der inzwischen neuen Wohnung mit Innen-WC, Bad und ohne Schwamm. Vorwurfsvollen Blicks, so steht er stumm dort, unseren Sohn an der einen, das Töchterchen an der anderen Seite. Sie schmiegen sich an ihn und ich liebe sie beide schmerzhaft. Und trotzdem muß ich gehen. Weg, nur weg aus dieser Atmosphäre, aus diesen falschen Gefühlen. „Der Zustand meiner Ehe stimmt mit dem der Gesellschaft überein", erkläre ich mich einer Freundin am Telefon.

Es scheint mir, als ob der gesellschaftliche Aufbruch nun auch keine Lügen im „Kleinen" mehr zulasse.

Ein ganzes Land wird ehrlich – wie sollte ich mir da über meine Ehe weiterhin noch etwas vormachen können?!

Ich gehe, ohne zu wissen wohin. Frische Luft! Laufen, laufen, kreuz und quer durch die brodelnde Stadt. Nach Stunden stehe ich vor einem ganz bestimmten Haus. Falle in diesem Treppenhaus nicht zufällig erschöpft auf die Stufen. Was nun, was nun?

Irgendwann öffnet sich die Tür der kleinen Junggesellen- wohnung. Der Mann mit den schönen Augen und den technisch begabten Händen – inzwischen ist er geschie- den.

Er erschrickt. Dann setzt er sich neben mich auf die Treppe. Wir reden nicht viel.

Ich helfe ihm bei Tapezierarbeiten, schlückchenweise, vorsichtig dazu Wein aus der Flasche. Als wir fertig sind, baden wir. Über eine Holzleiter klettern wir in sein Hoch- bett. Noch auf dem Weg dorthin murmelt er etwas von „kein besonders talentierter Liebhaber". In dieser Nacht soll er eines Besseren belehrt werden.

Aus einem Brief an *ihn* aus dieser Zeit
„Wenn ich bei dir bin, fühle ich mich näher bei mir."

Wie habe ich geliebt in dieser Zeit?

Es war ein Mich-Wegschenken, mich selbst Aufgeben, oder sollte ich besser sagen: *abgeben*? Die Verantwortung abgeben, von einem anderen Menschen erwarten, daß er sie übernimmt und mich rettet; die Dinge meines Lebens ordnet. Oder hoffte ich, einfach *umsteigen* zu können in ein anderes Leben?

Ich gab mich ganz fort, und als er schlief, lag ich wach.

Wie war es nur möglich, eine einzige Minute dieser Qualen auszuhalten, zu überleben? Da lag ich nun, in einer fremden Wohnung, in einem fremden Bett, neben einem fremden – und nur allzu vertrauten – Mann.

Aufstehen, nach Hause fahren. Dorthin, wo ich hingehörte: zu meinen Kindern.

Der Gedanke an sie raubte mir fast den Verstand. Ich war eine schlechtere Mutter als jemals zuvor. Ich lag hellwach und der Rest aus der Weinflasche reichte nicht, meine Verzweiflung abzutöten.

Am Morgen suchten wir gemeinsam eine Telefonzelle (in den Wohnungen installierte Apparate waren rar). War F. noch am Leben nach dieser Nacht? Ich weiß nicht, warum ich diese bohrende Angst hatte, er könnte sich etwas angetan haben. Seine Nummer hatte ich im Kopf, er war auf Arbeit. Das Gefühl der Erleichterung ist nur kurz gewesen, nur zu gut ahnte ich, was nun auf mich zukommen würde. Schon unter dem bloßen Gedanken wollte ich zusammenbrechen.

Aber da war der Andere an meiner Seite – und die neu erwachte Liebe trug.

Für das Erste, für diesen Montag, trug sie mich erst einmal an meine Arbeitsstelle.

Den Tag überstehen, irgendwie.

Ab diesem Moment verschwinden viele Dinge im Nebel. Mein Leben wurde ein irrer Tanz zwischen Flaschen, meiner Arbeit, die das zusammenfallende Land begleitete, nächtlicher Flucht zu IHM – und der einzigen Lösung, das drohende bittere Erwachen schnell wieder zu ertränken.

Aus dem Sog dieser Tage, und aus meiner dunstigen Erinnerung tauchen nur noch einzelne unscharfe Bilder auf ...

Ich schleppe mich auf Arbeit, schon am Morgen so erledigt, daß die Kollegen mich auf der Redaktionscouch finden. Mühsam richte ich mich für die tägliche Sitzung auf. Wer genau hinsieht, entdeckt die Spuren an meinen Handgelenken: „*Oh Gott, hast du wieder an dir herumgeschnitzt?*"

Nachmittags hat die Wirkung der Schlaftabletten und der hochprozentigen Getränke soweit nachgelassen, daß ich live auf den Sender kann. Was erzähle ich dort? Das Verabredete und das, was ich selbst sagen möchte. Als die Menschenmassen in die Prager Botschaft flüchten, verstehe ich nicht, wie Eltern dieses Chaos ihren Kindern antun können. Alles kann ich nachvollziehen, aber die Bilder über Stacheldrahtzäune gereichter Babys tun mir weh. Darüber rede ich. Ansonsten fühle ich mich wie gelähmt. Ich verstehe gar nicht, was vorgeht. Als herauskommt, was unsere greisen Häuptlinge Andersdenkenden angetan hatten, fühle ich mich grenzenlos naiv und entsetzt. Nur zu gern hatte ich mein Leben lang an das *Große Gute Ganze* geglaubt, an die langsam Wirklichkeit werdende kommunistische Logik. Gut und Böse waren klar verteilt, *zugeteilt* gewesen im Verträumten Land. Und nun hob sich der Vorhang. Wir saßen live in unserem Radiosender und erfuhren Tag für Tag ein Stückchen mehr von der Brutalität, mit der Machtpfründe gesichert, ein Volk ignoriert worden waren.

Enthüllungen, die ich kaum aushielt.

Überall war Ausnahmezustand, in der Gesellschaft und bei mir privat.

Mein Geliebter bekommt Telefon. Überhaupt – er hat schöne neue Fenster, seine Wohnung eine Heizung – wie kann das sein? War er bei der Stasi?

In der Zeitung werden Listen abgedruckt mit Namen. Einer könnte passen, die Straße stimmt. Ich frage ihn ganz direkt. Er schüttelt den Kopf, traurig: *„Und was wäre, wenn ja? Würdest du mich dann nicht mehr lieben?"*

Auch uns – F. und mich – hatte vor einem Jahr ein Kundschafter der kommunistischen Logik besucht. Herr Sommer.

Herr Sommer wollte F. für sich gewinnen, aber ich war immer mit dabei. Selten nüchtern und dadurch sehr kämpferisch. Jedesmal wenn er kam, stritten wir über den Zustand unserer Gesellschaft.

Er war noch sehr jung und argumentierte so, wie er es gelernt hatte: hölzern, theoretisch, gläubig. Mir gefiel es, auf seine Hilflosigkeit einzuhämmern; meinen alkoholbefeuerten Reden war er kaum gewachsen. Trotzdem – er kam immer wieder, zuletzt schon mit konkreten Aufgaben und Anweisungen. Als F. eine Liste unserer Bekannten, Freunde und Kollegen abliefern sollte, mit Bewertung und politischer Gesinnung, sagten wir Nein.

Herr Sommer war tief enttäuscht und warf beim Gehen die Tür ins Schloß.

Hatte er uns doch ein neues Auto und eine andere Wohnung versprochen und so auf uns gehofft.

Er ist nie wiedergekommen.

Heute sitzt er manchmal in einer Kneipe in meiner Wohngegend, oder ich sehe ihn durch die Straßen irren. Wenn er mich ansieht, aus glasigen Augen, weiß ich nie, ob er mich erkennt. Herr Sommer, würdest du jetzt in meiner Selbsthilfegruppe erscheinen, glaub mir, ich würde dich herzlich willkommen heißen.

Wir beginnen, über Trennung zu reden, F. und ich.

Zusammen sitzen wir über seinen Bewerbungen; er sucht die Stellen aus, ich tippe Formulierungen in die Schreib-maschine. Er will in den Westen gehen und ist mir dank-bar, daß ich den Herrn Sommer in die Flucht geschlagen habe. Ohne mich, sagt er, hätte er ihm vielleicht doch geholfen, und dann hätte er jetzt keine Chance auf eine Arbeit in den westlichen Gefilden. Ich bin stolz, war ich ihm doch wenigstens in diesem einen Punkt nützlich!
Für den Anfang zieht er zu einem Freund.
Es gibt Zeiten, da bin ich ganz klar und vernünftig. Dieses Ende ist schließlich nichts, was zwei Erwachsene nicht miteinander regeln könnten.
Dann kommen wieder diese Nächte, in denen mich die Gespenster anfallen. In denen die Dunkelheit alleine schon mein Feind ist, mir unbeschreibliche Angst macht. Ich ahne jetzt schon, daß mein Betäubungsmittel nicht mehr nur die Folge dieser Ängste ist, sondern längst schon ihre Ursache. In diesem Teufelskreis bin ich eine Gefangene. Mein erster Gang über die Grenze hat mich in eine West-Apotheke geführt. Wissender Blick der Apo-thekerin, als ich Beruhigungs- und Schlafmittel verlange. Jetzt kombiniere ich die Tabletten mit Schnaps, aber sie wirken nicht.
In rasender Panik erreiche ich nachts irgendwie ein Tele-fon, rufe F. herbei.
Nur, um ihn, als er endlich da ist, erneut zu bekämpfen, mich vor seinen Augen wie irre zu gebärden. Ich weiß

keinen Ausweg mehr – ist es der endgültige Puls-Schnitt? Aber ich will nicht wirklich sterben, im Grunde will ich leben. Ich habe nur keine Ahnung, wie. Ich bin die menschgewordene Verzweiflung, und er – so sehe ich es damals – ist daran „schuld".

Wo bin ich?

Ein heller Raum, mitten am Tag, ich liege. Vorsichtig drehe ich den Kopf.

An einem Schreibtisch sitzt eine Frau im weißen Kittel, eine Ärztin. Als sie merkt, daß ich aufgewacht bin, hebt sie ihr strenges Gesicht, spricht mich an. Was ich nun wohl lieber möchte, so weitermachen und irgendwann eingesperrt werden auf eine „Geschlossene" – oder wie eine richtige Frau die Kurve kriegen, mich zusammenreißen, den Tatsachen ins Auge blicken. Was ich überhaupt will.

Ich schäme mich sehr. Nichts will ich lieber sein als eine „richtige Frau", und doch scheint es mir immer weniger zu gelingen. Nichts will ich weniger als eingesperrt sein, gefangen an einem engen Ort, wo andere Menschen über mich bestimmen. Ich habe solche Angst davor, *weggeschlossen* zu werden, und doch scheine ich genau darauf immer mehr selber hinzuarbeiten. Wer soll das noch verstehen!

Die Ärztin erklärt mir weiter: Letzte Nacht habe mich mein Mann hierhergebracht.

Selbstmordversuch. Nun weiß sie auch nicht, was sie mit mir machen soll – wo sie mit mir hin soll. Ich möchte nach Hause, wenn ich auch nicht mehr so genau weiß, wo das eigentlich ist. Sie ist einverstanden. Wir haben verrückte Zeiten, wer weiß, wie es ihr geht! Welche Sorgen sie hat. Wird sie ihre Arbeit behalten? Muß ihr Mann zu Hause bleiben? Wird es wirklich Arbeitslose geben? Alle in diesen Tagen sehnen sich nach Orientierung. Müssen ohnmächtig erleben, wie alles Gewohnte zerbröckelt.

Was soll sie da mit so einer Kind-Frau, die sich selbst aufgibt!

Ein Anruf bei F. auf Arbeit – er kommt wie immer sofort. Lädt mich ins Auto, bringt mich in unsere Wohnung. Wieder einmal liege ich, und so unglaublich es klingt: meine Gedanken kreisen schon wieder um das nächste Glas. Er soll schnell wieder fahren, ich komme – aber sicher! – jetzt alleine klar.

Kaum ist er fort, erhebe ich mich (wo nehme ich die Kraft nur immer wieder her?), gehe die paar Schritte zum nächsten Spirituosenladen, trinke im heimischen Wohnzimmer. *Er*-trinke.

Diesmal ist es ernster. Ich spüre es sofort, als ich die Augen aufschlage. Dieses Mal komme ich nicht so leicht davon. Ein dunkles Krankenzimmer, eine Jalousie vor einem großen wandfüllenden Fenster. Schemenhaft sehe ich dahinter jemanden sitzen. Ich glaube, ich werde beobachtet. Ich bin nicht allein; mit mir liegt noch eine andere Person im Raum. Ich falle wieder zurück in meine Ohnmacht.

Als ich wieder erwache, ist es hell. Eine zerknitterte, alte Frau hockt am Tisch und schlürft eine Suppe. Meine Mitpatientin. Ich frage sie etwas, sie hört mich gar nicht.

Ich frage noch einmal, lauter. Ja, ich bin genau da, wo meine schlimmsten Alpträume mich manchmal hingetragen haben: auf einer Alkoholikerstation in der Entzugsklinik.

Die „alte Frau" ist knapp über vierzig, wie sich herausstellt. Ich zittere.

„Du siehst steinalt aus, wenn du so daliegst", hat F. oft verächtlich zu mir gesagt.

Im Grunde wundert mich das nicht. Wenn die Seele den Körper verläßt, bleibt nur eine faltige Hülle zurück.

Durch die Drogen eine Hülle ohne Würde.

Ich muß mich darauf konzentrieren, wie ich hier wieder 'rauskomme.

Als endlich jemand mit mir spricht, erfahre ich: Zunächst muß ich drei Tage lang im Bett liegenbleiben, vorher passiert gar nichts. Viel spüre ich nicht von dieser Zeit.

Immer wieder Weggleiten in die Bewußtlosigkeit, erwachen mit dem Gefühl: Was sind das nur für Leute? Wo bin ich hier bloß hingeraten?, und mit der Ahnung, unter ständiger Beobachtung zu stehen. Das Grauen halte ich nicht aus. Nur allzu gern lasse ich mich aufs Neue in mein Koma fallen. Schlafen, nur schlafen.

Nach drei Tagen bin ich hellwach. Sofort fange ich an zu schimpfen: Ich will den Chef sprechen, ob denn hier keiner merke, daß ich auf dieser Station verkehrt bin, ob sie denn überhaupt wüßten, *wer* ich bin. Ich gehe allen auf die Nerven, und endlich habe ich es geschafft: Ich bekomme einen Termin beim Oberarzt.

Reden, reden, wie ein Buch. Er hört mir resigniert zu, läßt mich zur Probe auf einem weißen Strich gehen, der auf den Fußboden gemalt ist.

Stellt er Fragen? Werden Blicke gewechselt?

Ich weiß es nicht mehr. Ich konzentriere mich nur auf meinen Redeschwall, es kommt mir vor, als redete ich um mein Leben. Wie damals bei der Aufnahmeprüfung beim Rundfunk! Ich muß sie besoffen quasseln, ich muß sie alle überzeugen ... – koste es, was es wolle: Ich muß unbedingt meinen Willen durchsetzen.

Irgendwann habe ich es geschafft.

Ich bekomme ein Formular zum Unterschreiben. Entlassung auf eigenen Wunsch und auf eigene Verantwortung. Ohne zu überlegen, krakele ich meinen verwackelten Namen darunter. Ich will und will wieder frei sein.

Frei – was ich darunter verstehe.

In der Halle greife ich zum Telefonhörer, rufe meinen Geliebten an.

Er ist kalt, abweisend. Natürlich weiß er alles, und er will mich nicht abholen.

„Wenn es dir ans Leben geht, dann laß es uns beenden. Ich ziehe mich zurück."

Ein Ring aus Eis legt sich um mein Herz. Wird er ernstmachen? Was ist überhaupt vor vier Tagen zwischen uns passiert? Ich weiß es einfach nicht mehr. Blackout.

Mein Weinen, meine Verzweiflung – schließlich stimmt er doch zu. Er wird kommen.

<u>Unzulässiger Blick aus fremder Sicht</u>

„Der Zug fährt ein und hält. Ein schlanker junger Mann mit nach innen gerichtetem gründunklen Blick steigt aus der Bahn, geht langsam zum Ausgang.

Erleichtert stellt er fest, daß er noch fast eine Stunde Zeit hat. Er braucht Zeit. Ziellos geht er die Straßen entlang und ist allein. Er ahnt, daß er immer noch allein sein wird, wenn sie bei ihm ist in einer knappen Stunde. Der Anruf gestern Abend. Du lieber Himmel, was denkt sie sich eigentlich! Längst hat er genug von dem Theater. Hin und her zwischen ihrem Mann und ihm.

Er glaubt ihr ja, daß sie leidet, schrecklich leidet. Aber ihre Trinkerei macht es noch schlimmer. Noch nie hatte er eine Frau geschlagen. Aber als sie losschrie und nicht mehr aufhörte, da setzte bei ihm das Denken aus. Da sah er nur noch rot. Er war dann froh, daß sie ihren Mann zu Hilfe rief, das hatte sie schließlich immer getan, wenn es schwierig wurde. Und als beide weg waren, diese große Erleichterung, endlich wieder allein zu sein! Keiner kümmerte sich darum, wie dieser Tag, dieser Abend für ihn verlief – und wie es schien, erinnerte sie sich nicht einmal mehr daran. Es hatte keinen Zweck. Er war entschlossen, sich diese zerstörerische Liebe aus dem Herzen zu reißen, so lange noch Zeit war. Alles so schnell wie möglich hinter sich lassen. Lieber wieder alleine leben, entspannt. Und dann kam gestern Abend der Anruf. Seine Wut, als er ihre Stimme hört! Seine Erleichterung, daß sie noch lebt. Jetzt ist es Zeit. Das Gebäude scheint ihm riesengroß, gemessen an der kleinen Gestalt in der Tür.

Kaputt sieht sie aus, die Tasche in der Hand, verfilzte lange Haare, ausgebeulte Knie ihres fleckigen Jogginganzugs. Sie denkt im Moment bestimmt nicht daran, wie sie aussieht.

Langsam geht er auf sie zu und würde gern wissen, was sie denkt, wie sie ihn sieht. Ob sie ihn überhaupt sieht oder immer nur sich selbst ..."

Er ist da, und insgeheim habe ich nichts anderes erwartet. Wortlos nimmt er mir die Tasche aus der Hand, und als wir zusammen losgehen wollen, hören wir, wie jemand hinter uns herruft. Die Mitpatientin kommt die Treppe herunter gerannt, atemlos: *„Du mußt auf sie aufpassen, darfst sie nicht alleinelassen; es ist nicht gut, daß man sie 'rausgelassen hat"*, sagt sie zu ihm. Und zu mir: *„Mach dich stark!"* Stark! Ich fühle mich schon wieder stark, habe ja schließlich genau das erreicht, was ich erreichen wollte. Zuerst gehen wir etwas zum Anziehen kaufen, dann essen wir in unserer Stammkneipe, wo wir nur als ganz offizielles Paar bekannt sind. Zum kräftigen Gericht ein Schoppen Wein. Warum auch nicht!

Es klingt vollkommen absurd, wenn ich das heute schreibe. Aber damals hatte ich nichts begriffen. Ich war scheinbar wieder obenauf und konnte alle überzeugen, wie ich glaubte. Sogar F. stimmt mit mir in diesem Punkt überein: *„Also, als ich diese Gestalten dort gesehen habe auf der Station – dort gehörst du wirklich nicht hin, zu* *diesen Säufern.*" So lange ich noch so dachte, mußte ich eben *noch* tiefer fallen.

Ein Anruf meiner Eltern. Sie verstehen nicht, warum ich nach den Kliniktagen nicht sofort zu meinen Kindern geeilt bin, anstatt diesen Umweg zum Anderen zu machen.
Da ist es wieder: Eine „richtige Frau", eine „gute Mutter" würde anders handeln.
Die Kinder. In diesen Tagen haben sie sich ganz bestimmt aneinander und am Vater festgehalten. Was werden sie gedacht haben, als mich morgens die Feuerwehr abholte? In welche Schublade ihrer Erinnerung haben sie das wohl gepackt – und wann holen sie es heraus? Ich weiß es nicht.
Wenn ich bei ihnen war, hatte ich sie so lieb, wie ich konnte. Kuscheln im Bett, das ging immer, auch betrunken. Zwischen ihnen und mir liefen die Dinge auf einer anderen Ebene ab, mental, telepathisch, intuitiv. Ich wäre gern ein Halt gewesen, aber ich konnte es nicht. Was ich ihnen angetan habe, wird erst die Zeit zeigen.
Krankheit.
Familienkrankheit.
Ich habe sie mir ganz bestimmt nicht ausgesucht.

Wenn ich geglaubt hatte, ich müßte einfach nur den Mann wechseln, und dann wird alles gut, so stellte sich das als der größte, bitterste Irrtum meines Lebens heraus.
Eine Zeit lang konnte ich mich damit durchmogeln, durch die besorgten Gespräche mit meinen Eltern, durch die Fragen der Kollegen, die Warnungen der Freunde.
Sie hatten eben alle keine Ahnung gehabt, in eine Ehe kann man schließlich von außen nicht hineinblicken.
Nun, nachdem ich das alles erkannt habe und mich trennen würde, käme auch diese Sache mit dem Alkohol von

ganz allein wieder ins Lot. Sie würden schon sehen.
Mein Ex-Mann wurde zum Feindbild an sich.

Wir fangen an, eine neue Familie zu gründen.

Tagebuchauszug
*„Ein neues Jahr hat angefangen vor einer Woche, für
mich ein neues Leben, und außerdem werde ich bald
dreißig. Da kann man schon mal ‚Bilanz ziehen‘, zumal
sich so ungeheuer viel verändert hat.*
Die eine Woche war noch nicht sehr rosig.
*Zweimal bin ich noch in alte Ausbrüche verfallen, die ich
so gern überwinden will. Alkohol vertrage ich kaum
noch. Mir wird schlecht, meist raste ich aus. Also lasse
ich es sein, abgesehen von gelegentlichen ‚Rückfällen‘.
Aber insgesamt kein Vergleich mehr zu früheren Zeiten.
Ich denke, daß ich es schaffe.*
Was ist diese sogenannte ‚Wende‘ für mich?
*Im Grunde ein ständiges Auf und Ab in einer ganz ver-
rückten Zeit. Alleine möchte ich jetzt nicht sein! (Sofort
kommen wieder die Schuldgefühle F. gegenüber. Er ist ja
jetzt meinetwegen allein – und er läßt es mich immer
wieder spüren, daß ich sein Leben zerstört habe. Manchmal halte ich das kaum aus. Hab aber trotzdem keine
Sehnsucht nach ihm. Hoffentlich schafft er es nicht, R.
und mich kaputtzuspielen. Ich will das auf keinen Fall!)
Bin im Moment nicht so gut drauf, jeder kleine Mißerfolg
haut mich fast um.*
*Hätte gern Arbeit, die mich ausfüllt. Schon, damit ich
meine allseits bekannte und gefürchtete ‚kriminelle Energie‘ nicht immer nur auf die Partnerschaft konzentriere.“*

Ein Jahr nach den großen gesellschaftlichen Umbrüchen
muß auch unser Sender „abspecken“.
Die Hälfte der Belegschaft wird entlassen. Die männ-

lichen Chefs entscheiden sich vor allem für die Mütter mit Kindern. Besser, die gehen jetzt gleich, schließlich sei das neue Journalistenbild brutaler, kälter; kaum noch geeignet für Frauen mit Familie. So stellen sie es sich vor.

Als ich zum Kündigungsgespräch erscheine, meint mein langjähriger Kollege mitfühlend, ich sei doch ohnehin psychisch schwer angeschlagen, das schwächste Glied, und ob mein neuer Mann denn auch gut für mich sorgen würde? Er wünsche mir jedenfalls für die Zukunft bessere Zeiten und alles Gute. Und wenn ich ihn mal brauche, sei er immer für mich da.
Damals habe ich Gift und Galle gespuckt. Flammende Zeitungsartikel. Kämpfen gegen diese männliche Ungeheuerlichkeit! So werden manchmal Feministinnen geboren; schnell jemanden finden, der an allem schuld ist. Männer bieten sich da an!

Heute, mit großem Abstand, kann ich ihn in manchem Punkt verstehen. Wäre ich jetzt an seiner Stelle, würde ich etwa mit einer Kollegin wie mir den Aufbruch in eine anstrengende, ungewisse Konkurrenz-Zukunft wagen?
Ich hätte mich selbst wahrscheinlich schon viel früher 'rausgeworfen.

Aber auf mich haben die anderen sehr lange große Rücksicht genommen. Immer wieder war ich das kollektive Problem, der Gegenstand besorgter Ratlosigkeit.
Um die Schulter gelegter Arm: *„Sie wirken immer so verzweifelt und so eingeschüchtert!"* Mit Inbrunst wehrte ich ab: *„Da müsse sich der Kollege aber wirklich irren!"* Fürsorgliche Blicke, unauffälliges Riechen, resigniertes Kopfschütteln.
Einladungen zur Chefin, die mir zuhören wollte, und ich

saß ihr nur schulterzuckend gegenüber. Feuchtfröhliche Geburtstagsfeste in der Redaktion, wo mir als Einziger Limonade eingeschenkt wurde: *„Sie bekommt besser nichts."*

Meine Empörung darüber führte mich nur in die Kantine, zu einer weiteren Privatflasche. Bald war ich genauso angeheitert wie die anderen, oder schnell viel betrunkener. Der Satz eines Kollegen klingt mir heute noch im Ohr: *„Wir haben alle gern einen zur Brust genommen, aber du hast gesoffen!"*

Später, viel später, als ich schon längst zugeben konnte, Alkoholikerin zu sein, klang das paradoxerweise völlig anders: *„Du und Alkoholikerin? Aber du doch nicht. Jetzt dreht sie völlig durch. Komm endlich zur Vernunft!"*

Nichtsdestotrotz: Es war meine größte Angst und ist meine tiefste Wahrheit.

Arbeitslos sein.

Schon das Wort ist unverträglich; arbeitslos sein war undenkbar im verträumten Land. Ich rede mir ein, daß die Pause gut und wichtig sei. Beinahe verächtlich schaue ich auf die, die einfach so weitermachen wie immer, als sei nichts geschehen. Ich will innehalten und mich orientieren, bevor ich wieder loslaufe.

Es gibt eine Frau, der ich vertraue, eine Schriftstellerin, die inzwischen nicht mehr lebt. In der Umbruchzeit schreibe ich ihr und bekomme wirklich eine Antwort. Natürlich geht es hier um die Dinge der Gesellschaft, nicht um meine Trinkerei. Den Brief bewahre ich bis heute auf. Er hat mir viel bedeutet damals; hat mich ein Stück des Wegs getragen. In der ersten arbeitslosen Zeit fällt er mir wieder in die Hände ...

„Liebe Clara Felder!
Ich bedanke mich für Ihre Teilnahmebereitschaft und das Temperament, mit dem Sie sich Sorgen machen. Da ich mir die gleichen Sorgen mache, habe ich nichts Tröstendes vorzuweisen. Ich bin vielleicht nur von einer etwas glücklicheren Machart, allerdings auch im Besitz einer bedeutend längeren Erfahrung. Die hilft mir, mich zurechtzufinden. Im Augenblick ist Geduld gefragt, scharfes Nachdenken, Vorbereitung auf Künftiges. Wir müssen uns auf alles Mögliche gefaßt machen, positiv oder negativ.
Es findet ein objektiv spruchreifer Reinigungsprozeß statt, der, lange hinausgeschoben, nun unumgänglich ist. Es steht nicht die Frage, ob wir das schaffen. Wir müssen es schaffen!
Dabei wird jedes Gewordene die eigene Möglichkeit zum Anderssein aus sich selbst herausarbeiten müssen.
Mit dem Problem, daß ‚Geschichte' immer so lang dauert, ein einziges Menschenleben aber so kurz ist, kann man nur philosophisch fertig werden.
Im Augenblick, zum Ende unseres Jahrhunderts hin, denken Millionen bedrängter Menschen, sie könnten sich helfen, indem sie ausreißen. Flucht ist aber nur im Einzelfall eine Rettung. Massenbewegungen vom Schauplatz weg in irreale Unwirklichkeiten erzeugen nur neue Katastrophen.
Sie selbst sind im Vollbesitz eines Glücks mit Mann und Kind und Heim und Hoffnung ... das Andere werden wir zwei Weiber, eine alte und eine junge, nicht mit nackten Armen aus dem Feuer reißen. Daß Sie im Augenblick in Ihrem Beruf einiges durchmachen, kann ich mir nur allzugut vorstellen. Bleiben Sie standhaft!
Es kommen auch mal wieder bessere Tage!"

Bis zu diesen „besseren Tagen" würde ich mich am

liebsten verstecken, an einen stillen Platz zurückziehen.
Aber da war meine große Angst, die ihre Wurzeln sicherlich auch in der kommunistischen Logik hatte: Arbeitslos
sein heißt, irgendwann unter der Brücke zu enden. Als
hoffnungslose Alkoholikerin in der Gosse scheitern.
Wie konnte ich mich retten? Noch einmal wandte ich
mich an meinen einstmals geliebten Seelenzergliederer,
und der setzte sich für mich ans Telefon. Fand für mich
die – wie er meinte – beste Gruppen-Psychotherapie. Vier
Monate stationär. Ich sprach die Sache mit den beiden
Männern ab, die für die Kinder sorgen wollten.
Dafür versprach ich, nach erlangter Klarheit und Selbst-
analyse eine vernünftige, erwachsene Entscheidung zu
treffen. So lange wollten sie sich gern gedulden.

*

Herman van Veen „Herz"
„Es ist inzwischen Mode, verinnerlicht zu sein:
Man lauscht in sich hinein
und ist ergriffen.
Seltsam dabei ist nur,
daß die, die sich nach innen so verfeinern,
nach außen so oft versteinern.
Stehst du am Beginn
 – und weißt noch nicht, wohin –
es gibt da eine Orientierungshilfe:
Hörst du denn nicht den Trommler,
der beharrlich in dir schlägt,
der dich bei aller Gegenwehr
auch durch Feindeslager trägt?
Hör auf ihn, er sagt dir was,
wenn er sich nicht mehr regt,
ist das ein Zeichen dafür,
daß sich gar nichts mehr bewegt ..."

Ankommen auf einer versinkenden Insel.

Psychotherapie in diesem großen Krankenhaus, das war wohl jahrelang eine Art „Fitmachen für die sozialistische Gesellschaft". Finde heraus, was die Anderen über dich denken, wie sie dich sehen und verhalte dich danach – wenn du überleben willst. Also bring eine Gruppe nicht ins Bild passender, gestörter, neurotischer Menschen auf engstem Raum zusammen und warte ab, was geschieht.

Laß die Migräne mit der Schlaflosigkeit, den eingebildeten Krebs mit der Süchtigen, die diffuse Angst mit dem unterdrückten Zorn reagieren. Laß sie aufeinander los nach dem Grundprinzip: Jede und jeder soll zuerst ganz nach unten gebracht werden, am Boden liegen, um danach aus neuen Einzelteilen wieder aufgebaut zu werden.

Wiederauferstehung 1990!
Nach menschlichem Gutdünken.
Des Therapeuten Wille geschehe.

Es hatte schon etwas Skurriles. Eine ganze Gesellschaft in Auflösung befindlich. Jeder Anwesende verunsichert, die Psychologen wie die sogenannten Patienten.

Wer ist hier der Kranke, wer der Gesunde? Waren Stasi-Leute eingeschleust?

Haben sie vielleicht sogar *mich* für eine Kundschafterin der kommunistischen Logik gehalten?

Es hätte mich nicht gewundert.

Das erste Gespräch. „*So. Sie wollen also zu uns kommen wie in ein gemachtes Nest?*" Ich wehre entrüstet ab. Soviel wußte ich jedenfalls schon von schmerzvollen Therapie-Prozessen, daß ich sie für alles andere als ein warmes Plätzchen hielt. Dann wurde ich gewarnt. „*Sie werden mich hassen*", versprach die sanfte, zartgebaute, dunkelhaarige Therapeutin mit den großen Bambi-Augen. Nicht sehr viel älter als ich. Diese Frau hassen? Nichts konnte ich mir weniger vorstellen.

Aber es kam so, war schließlich Methode. Auch ich sollte zuerst auseinandergenommen und wieder neu zusammengesetzt werden. „In einer kranken Gesellschaft sind die Neurotiker die Gesunden", war ich mir mit meinem analytisch begabten Freund einig.

Was galt damals als „krank" – was heute?

Neulich las ich einen Zeitungsartikel über ein neues Leiden, die „soziale Phobie". Alle, denen bei einer Prüfung der Angstschweiß auf der Stirn steht, die beim Bewerbungsgespräch ein Händezittern nicht verbergen können, denen die Stimme stockt beim Vortrag vor einem großen Publikum – alle diese sind davon befallen und können nur durch raffinierte neue Präparate der Pharmaindustrie „geheilt" werden. Ganz natürliche menschliche Eigenschaften wie Unsicherheit, Erröten, Müdesein oder einfache Bodenständigkeit und Treue werden pathologisiert. Wer nicht stromlinienförmig sein kann, geht auf die Couch oder in die Apotheke. Man sagt „geringe Frustrationstoleranz" statt „besondere Empfindsamkeit". Es beschreibt einen Mangel. Es fehlt etwas, statt: Es ist ein besonderes Geschenk.

Mich tröstet nur, daß es zu jeder großen gesellschaftlichen Entwicklung auch eine mindestens ebenso große Gegenströmung gibt.

Mir scheint, die Zahl derer, die ihre zutiefst menschlichen Regungen ernstnehmen und behalten wollen, wird größer. Hoffentlich.

Doch zurück zur Psychotherapie. Ich versprach mir eine Lösung von diesen vier Monaten hinter Klinikmauern. Eine Lösung allerdings, die mir erlauben würde, mein Herzensproblem zu klären, mein Leben wieder in die eigenen Hände zu nehmen.

Das alles herbeizuanalysieren, *ohne* auf den einmaligen Geliebten – die Flasche – verzichten zu müssen. Das war es, was ich wollte: Eine Erklärung finden, die mich von der Sucht befreit und dadurch „lernen", wieder kontrolliert trinken zu können

Mein heißester Wunsch auf Erden.

Tagebuchauszug im Frühling

„Habe versucht, mir R. aus dem Herzen zu reißen. Versuch verdammt mißlungen.

Heute letzter Alkoholabend und letzte Alkoholnacht. Wilde Träume, Alpträume.

Schlaflosigkeit, nicht enden wollendes Zittern, mir ist schlecht. Gegen heftigen inneren Widerstand fahre ich morgens wieder ins Krankenhaus.

Die dritte Therapiewoche. Sehe keinen Sinn darin, will wieder nach Hause fahren. Alles in mir protestiert gegen das Eingesperrtsein. Gehöre ich wirklich hierher?

Und ist es wahr, was sie sagen: Stört eine verliebte Psyche die Therapie?"

Diese Wochen sind ein wilder, irrer Tanz zwischen dem ehrlichen Wunsch nach Selbsterkenntnis und der Flucht in meine Freiheit, wie ich sie sehe.

Ab und zu gibt es Heimfahrtswochenenden, die mich zu meinen Kindern und dann zu R. ziehen. Oft mitten in der Nacht, verlasse ich meine Familie, fahre zu ihm.

Reden, lieben.

Dazu immer wieder Versprechungen, große Kraftanstrengungen, Willensbekundungen: *„Ab heute – endlich – werde ich keinen Tropfen mehr anrühren."* Und immer wieder die verzweifelte Niederlage, im Tagebuch nachzulesen: *„Bereue bitter. Habe wieder getrunken. Arme Kinder. Streit mit F., Flucht zu R. Warum tun wir* *einander nur so weh? Wir sind schon Hausgespräch. Ich höre wieder auf. Diesmal muß ich es schaffen."*

Natürlich spreche ich mein Alkoholproblem auch in der Gruppe an. Die reagiert genau wie die ganze Gesellschaft: Mag ja sein, aber so schlimm kann es ja wohl nicht werden. Wenn ich erst meine Kindheitsmuster kenne, wenn ich weiß, warum ich mich immer wieder so-und-so verhalte, wenn ich meine Angst vor den Mitmenschen durchschaut habe, dann werde ich doch sicher damit aufhören können.
Wie alle, wie ich selber auch, betrachten sie das Trinken nur als Symptom, nicht als Ursache. Und wer will es ihnen, wer will es uns verdenken?

Es ist auch heute noch für mich schwer genug, diese Frage zu beantworten: Woher kommt es?
Ist es mein „Mitbringsel" auf diese Welt und mußte die Krankheit daher geradezu zwangsläufig ausbrechen in dem Moment, als ich den ersten Schluck nahm? Oder ist es die Summe der seelischen Last, der gesammelten Sprachlosigkeit, des Verstummens angesichts der Umstände?
Ich weiß es nicht, es gibt darauf keine Antworten.
Das ist vielleicht das Allerschwerste: Auszuhalten, daß es keine Antwort gibt. Sehr wohl aber eine Lösung, eine Chance zur Heilung.
Aber von der war ich noch mehr als vier qualvolle Jahre entfernt.

Von allen Therapiemethoden liebte ich den Tonkeller am innigsten. Das Kneten und Formen, das stille Handwerken bewirkte eine wundersame Veränderung bei mir: Ich wurde ruhig und zufrieden. Bekam zum ersten Mal in meinem Leben eine Ahnung davon, was das sein könnte:

innerer Frieden. Wirklich zum ersten Mal? Wenn ich an mich als Kind denke, wie ich auf die Welt gekommen bin, mit welchen „Geschenken", dann muß ich wohl richtiger sagen: Ich begann, mich zu *erinnern*, was ein seelischer Frieden ist.

Größte Sehnsucht. Tiefstes In-Mir-Ruhen.

Verzweifelter Wunsch, der in den Schrei meiner inneren Stimme mündete: „*Ich will nach Hause!*"

Warum hörte ich genau diese Formulierung in mir, jahrelang?

Anstatt darauf zu hören, beschäftigte ich mich nun ernsthaft mit Fragen wie: „*Meine Vorstellung von mir als Frau*", „*Wie reagiere ich auf Konkurrenz?*", „*Warum finde ich es so erstrebenswert, beliebt zu sein?*", „*Woher kommen meine Aggressionen gegen Menschen?*", „*Warum verstecke ich mich hinter langen Haaren, und warum diese Selbstzerstörung?*" Erste Aufgabe: Die Gruppenmitglieder zeichnen sich gegenseitig als Tiere. (Ich bin eine Maus mit Löwenmähne!!!)

Zweite Aufgabe: Die Gruppe „baut" eine Kutsche und wählt ihren Anführer. (Ich bin die Kutscherin und steige auf Platz eins der Beliebtheits-„Hitliste".)

Dritte Aufgabe: Es kommt zu einer Vollversammlung auf der Psycho-Station, wegen einer Ungeheuerlichkeit. An dem für mich schmerzhaftesten Punkt der Therapie (man hatte mir vorgeworfen, eine Rabenmutter zu sein – ich würde mehr von meinen Männern als von meinen Kindern reden ...) habe ich durchgedreht: Ich klaue wahllos Tabletten von meinen Mitpatienten. Gehe los, besorge mir billigen Fusel, trinke ihn während eines einzigen Tages aus. Beschimpfe die Therapeuten, erkläre ihre Methoden für sinn- und lieblos, wüte und zetere, bis ich nicht mehr kann. Falle wie tot ins Bett und bin viele – für die anderen – angstvolle Stunden lang nicht mehr wachzubekommen.

Sollen sie mich zu den Alkoholikern überführen?

Sie tun es nicht, vertrauen auf mein Überleben und die Macht der weiteren Analyse.

Nun bin ich Thema und falle tief. Von der „Führerin" hinunter zum schwächsten Glied.

Das ist der vielleicht spannendste Punkt der ganzen Monate: Mit mir passiert exakt dasselbe wie im „richtigen Leben". Ich sehe klar wie nie zuvor, was der Alkohol, mein Geliebter – der vermeintlich gar nicht von mir fordert und alles dabei gibt – was dieser Irrsinns-Stoff aus mir macht. Ein Nichts. Ein Stück Fleisch. Ein hilfloses Bündel Mensch, das sich nicht mehr wehren kann. Das mit ansehen und -hören muß, wie andere sich an ihm aufwerten, es kontrollieren wollen, ihre Macht an ihm messen. Das nicht dagegenhalten kann, sich nicht im Ansatz selbst behaupten.

Sie haben ja recht. Ich rutsche von ganz oben nach ganz unten ab.

Und es ist weiß Gott nicht das letzte Mal in meinem Leben, daß das mit mir geschieht.

Als das Vierteljahr hinter Klinikmauern endet, werde ich mit dem Satz der sanften Therapeutin entlassen: „*Und Sie werden natürlich wieder trinken – so wie alle Ihre Symptome ‚draußen' wieder ausbrechen werden. Lassen Sie sich davon nicht entmutigen, es muß so kommen. Sie haben noch eine lange Zeit – mindestens zwei Jahre – bis zur Heilung vor sich. Manche schaffen es nie.*"

Wie üblich, höre ich davon vor allem das, was ich hören *will*.

Gleich am ersten Tag nach der Entlassung greife ich zum

roten Sekt. Das Ende dieser Quälerei muß schließlich „gefeiert" werden.

Tagebuchauszug im Sommer
„Wieder Mist gebaut! Jetzt hilft nur noch der Gedanke an John Lennon. Dem ging es viel, viel schlimmer! Kein Alkohol mehr, bitte. Lieber Gott, wenn es dich gibt, hilf mir dabei. Und gib mir die Kraft, Dinge zu ändern, die ich ändern kann, die Geduld, Dinge zu ertragen, die ich nicht ändern kann – und (bitte) gib mir die Weisheit, das eine vom anderen zu unterscheiden. Ich liebe doch!!!!
Bin völlig am Boden und komme langsam, langsam wieder hoch – zu mir und meinem ganzen Chaos im Kopf. Ich habe eine total starke Abschlußbeurteilung bekommen (in der Therapie). Bin trotzdem fix und fertig und sehe auch so aus.
Aber ich habe etwas ganz wichtiges für mich erkannt: Alkohol ist mein Feind!!!
Ich soll erstmal selber mit zwei Kindern leben lernen, bevor ich mich erneut von einem Mann emotional abhängig mache. R. weiß das, glaube ich, auch und hat große Angst vor dieser Konsequenz. Es scheint der einzige Weg vorwärts für mich. Irgendwie habe ich auch Lust, das Leben ,draußen' anzupacken. Ein Leben, in dem gerade Journalisten massenhaft entlassen werden. In dem gerade Währungsunion ist und eine unbekannte Gesellschaftsordnung heranwächst.
Ein Leben, das eine klare Entscheidung von mir fordert, gegen den langjährigen Ehemann, soviel weiß ich jetzt schon.
Aber Trauer, Schmerz, Wut, Enttäuschung, Schuldgefühle sind menschlich.
Was weh tut, lebt!"

Vom Kopf her hatte ich es wohl verstanden. Aber das

reichte nicht. Das reichte überhaupt nicht, wie sich bald herausstellen sollte.

Die Scheidung planen. Noch einmal neu anfangen. Natürlich keineswegs allein mit den Kindern, sondern mit dem anderen Mann. Hielt ich mich doch inzwischen für erwachsen und „gereift" genug, um das wagen zu können. Von nun an würde ich alles richtig machen, alte Fehler sollten mir nicht mehr passieren. Ich nehme mir den Irrtum nicht übel, ich wollte wirklich ehrlich das Beste und habe es nicht besser gewußt. Irgendwo war da sicher auch noch der Gedanke an „Schuld". Würde ich mich nur von dem Menschen befreien, der meiner Meinung nach an meiner ganzen Misere „schuld" war, dann würde ganz von selbst alles „gut" werden.

So optimistisch begannen wir unser zweites Leben als Patchwork-Familie, wie das heute ja heißt.
R. zog bei mir und den Kindern ein, und wir lebten den Alltag. Die Kinder waren 5 und 7 Jahre alt.
Meine Tochter hat den neuen Mann – der ihr gesagt hatte, er sei nicht der neue Vater, sondern höchstens ein „großer Freund", wenn sie das wolle – auf die Probe gestellt, gleich am Anfang. *Magst du Kinder?"*, baute sie sich vor ihm auf. Scherzhaft antwortete er: „*Nein, kein bißchen.*" Worauf sie sich umdrehte, in ihr Zimmer ging, mit einem Armvoll Kuscheltiere zurückkehrte, um ihn wutentbrannt damit zu bewerfen. Er lachte, hielt den Konflikt aus.
„*Was tue ich bloß meinen Kindern an?*". Ich kann nicht sagen, wie oft mir diese Frage durch den Kopf ging, mich zermürbte.
Und doch versuchte ich es, wollte dem neuen Leben nur zu gern vertrauen. Es war meine einzige Hoffnung.

Lange dauerte es nicht, dann schlich sich das Alte wieder

ein. Ich trank heimlich und – wie ich glaubte – kontrolliert. Erste nächtliche Streitereien begannen, genau wie in meiner Ehe. Ich warf meinen Liebsten aus der Wohnung, aber er ging nicht.

Die Kinder weinten. Gerade wieder schien ihr Alltag sich zu beruhigen, da ging es schon wieder los. Nun klammerten sie sich an R. Er sollte bleiben, bleiben, bleiben, schrie mein Sohn tränenüberströmt. In dieser Zeit lieh R. ein Buch über Kindererziehung aus der Bibliothek aus, „Die Zweitfamilie" oder so ähnlich. *„Machen Sie sich nicht zu viele Sorgen. Kinder nehmen sich, was sie emotional brauchen."*

Das genügte ihm, er war beruhigt. Verließ sich auf seinen väterlichen Instinkt, und das war gut so. Er war geduldig genug, und irgendwann fingen die Kinder an, ihn zu lieben.

Über Alkoholismus hatte nichts in dem Buch gestanden.

Ich muß wieder Arbeit finden. Aus eigenem Antrieb mich beschäftigen, die ersehnte Freiheit ausfüllen, das kann ich nicht. Eine Bewerbung bei einem Radiosender, der gerade privatisiert wird. Selbstbewußt, wie ich von mir glaube, stelle ich mich vor. In letzter Minute habe ich den Minirock gegen den knielangen, seriöseren getauscht. Mir die Lippen angemalt, was ich sonst niemals tue.

Es kursieren Ratschläge unter uns „Hinausgeworfenen", worauf es jetzt ankomme.

Aber meine Natur kann ich nicht verleugnen. Ein Stromlinienförmiger begrüßt mich.

Schon seine erste Frage wirft mich um. *„Was können Sie für unseren Sender tun?"* – Er erwartet eine zündende Idee, einen Vorschlag, ein Konzept. Ich erwarte, von ihm zu hören, wofür er mich gebrauchen kann. Erzähle von allem, was ich bis dahin gearbeitet habe und starre ihn ergeben an.

Hat er Verwendung für mich?

Schon seinem Blick sehe ich es an: Ich habe etwas ganz Entscheidendes falsch gemacht. Schon hat er das Interesse an mir verloren. Ich gehe. Zwei Wochen später kommt die Absage.

Eine Freundin gibt mir den rettenden Tip: Bei einer ABM – „Maßnahme" – wie das militärisch heißt, suchen sie arbeitslose Akademikerinnen. Ich bewerbe mich.

Erste Reisen in den Westteil der Stadt, für die ich wirklich meinen ganzen Mut zusammennehmen muß; Reisen auf fremdes Territorium, haben mich zu gleichaltrigen Autorinnen geführt. Wir schreiben für Kindererziehungs-Blätter, nach dem Faschismus entstanden unter dem Motto: „Nie wieder Ja-Sager heranbilden!"

Wir diskutieren mehr, als daß wir schreiben. Ich bin die Einzige aus dem Osten, und sie wollen eine Menge von mir wissen. Wie die verpönten Kinderkrippen nun tatsächlich funktionierten, ob ich ein schlechtes Gewissen gehabt habe, all die Jahre, weil ich mit meinen Babys berufstätig war? Wir tasten einander entgegen, vergleichen Lebensläufe, versuchen ein freundliches Miteinander. Doch unter der Oberfläche lauert die Wertung.

Nie wieder Ja-Sager. Wie paßt das zur vergangenen DDR-Wirklichkeit? Ich lasse Schmerzhaftes nicht wirklich an mich herankommen. Stelle mich, bin einfach da, begegne schwelenden Konflikten mit entwaffnendem Charme und biete keine Angriffsfläche. Oft erscheine ich noch verkatert. Oder nehme beim Griechen an der Ecke vorher einen oder zwei Ouzo. Man wird ja wohl zum Essen oder zur Verdauung einen „nehmen" dürfen. Schließlich arbeite ich wieder, lasse mich nicht hängen, habe den Anspruch, meinen Lebensunterhalt selber zu verdienen. Wer genauso lebt wie ein Mann, wird auch genauso trinken dürfen.

Ein Lieblingsargument, mit dem ich meine innere Stimme nur zu gern abtöte.

Während dieser Zeit schreibt auch R. Notizen in ein Tagebuch. Es gibt keinen einzigen Abend mehr ohne Alkohol. Er muß es irgendwie verarbeiten.

„Nachts Nahkampfübung. Ich bin so wütend, daß ich Clara gewürgt habe. Scheiße. Ich muß mich mehr zusammenreißen."

„Abends wieder beim Fernsehen getrunken. Trotzdem friedliche Nacht. Danke!"

„Zu Hause hatte Clara ihre schreckliche Depression. Schnaps. Losgehen, Sekt kaufen. Abends fernsehen, sie will bald ins Bett. Lall, lall. Gute Nacht."

„Heute schreibt sie Lebenslauf und Bewerbung. Anschließend Wein. Bin gespannt und traurig. Sie merkt es, scheint aber wieder in Trotz zu verfallen. Ich bete, daß sie den Job kriegt!!! So kann's nicht weitergehen."

„Es war die befürchtete schlimme Nacht!!! Statt Kino – Wein trinken. Ich trinke Schnaps, damit ich irgendwann auch noch abschalten kann. Will Auto stehenlassen. Szene wie im Film. Sie schreit. Droht, sich umzubringen. Ich muß flüchten, damit ich es nicht tue. Irgendwann doch ins Auto. Sie geht ins Café, weitersaufen. Dann Umschlagen in Liebe. Ich beschütze Clara, und es ist sehr, sehr friedlich."

„Clara hat ein Gespräch wegen der ABM-Stelle. Wir sind für 19 Uhr verabredet, aber es wird viel später, weil sie mit Krimsekt und Cognak darauf angestoßen haben. Die Arbeit ist sicher, aber ohne nähere Angaben, was sie dort eigentlich machen soll. Darauf Prost!"

„Waren essen beim Griechen. Irgendwas muß Clara in den falschen Hals bekommen haben, als ob ich ihr ‚Aufgaben' für die kommende Woche gegeben hätte.

Fragen kann schon zu viel sein. Nachmittags wunder-
schöner Spaziergang. Einen Flachmann am Beginn, einen
am Ende. Jeder. Im Nachhinein weiß ich, daß es Mist
war."
„Wollte abends noch in die Kneipe, weil sie zwischen-
durch noch getrunken hatte, und ich nicht das Drama
leibhaftig erleben wollte. Auf ‚Anweisung' nehme ich
noch Sekt mit. Der gibt ihr den Rest. Oder ist da irgend-
wo noch eine andere Pulle?"
„Die Beule am Kopf sieht gefährlich aus ..."

Eine wirkliche und tiefe Liebe droht, im Alkohol zu ver-
sinken.
Ich will dagegen ankämpfen. Mit aller Kraft.
Zunächst versuche ich es mit einer Art „Schau-Trinken".
„Heute Abend gehen wir essen, und du wirst sehen: Ich
trinke zwei Schoppen Rotwein, und danach höre ich auf."
Das schafft keine Alkoholikerin.
Also gehen wir in unsere „Pizzeria", wo der jugoslawi-
sche Wirt und der albanische Kellner schon von der
Theke aus wissen, was ich will: Valpolicella. Kaum sitze
ich, steht die Karaffe schon vor mir. Vielsagender Blick
zu R., wir machen es uns gemütlich auf unserem ganz
privaten seelischen Minenfeld. Und der Test gelingt.
Nach dem halben Liter Wein höre ich auf, wir gehen
gesättigt nach Hause.
Frieden. Harmonie.

Achtundvierzig Stunden später. Ich wache auf und weiß
nicht, wo ich bin. Zu Hause, in meinem Bett. Was war
gestern Abend? Ich habe keine Ahnung. Der Geschmack
in meinem Mund, die bohrende Migräne, die aufsteigende
Übelkeit sagen mir die Wahrheit: Wieder bin ich abge-
stürzt. Wieder einmal hat es ganz harmlos angefangen,
und schon wieder endete es im teuflischen Kreislauf:

Einmal angefangen, einmal einen Tropfen Alkohol in meinem Blut, und ein unaufhaltsamer, tödlicher Prozeß kommt in Gang. Das darf nie wieder vorkommen! Gerade jetzt, wo ich die ABM-Stelle antrete, da muß ich zuverlässig sein.

Ab heute ist endgültig Schluß!

Ich kämpfe.

Eine verflossene Kollegin besucht mich. Sie ist, wie ich, „gegangen worden". Nun hält sie eine Einladung in der Hand.

Spektakulär! Ein ganzes Wochenende in einem kleinen Dorf am Rande der Stadt, das Ost und West zusammenbringen soll. Politisch, psychologisch. Allein würde sich keine von uns dorthin trauen, aber gemeinsam beschließen wir es: eine Reise zu einem Ort – so nah und doch ferner als auf dem Gipfel des Mount Everest. Wir brechen auf in die Fremde am Rande unserer Heimatstadt.

Der erste Satz, den ich im Kreise der versammelten Gutwilligen laut ausspreche, ist dieser:

„Ich bin hier, um meine Liebe zu retten."

Das bringt mir neue Freunde ein.

Ein ganzes Wochenende über trinke ich keinen einzigen Schluck. Hinterher schreibe ich einen langen Artikel darüber, den ich gern hier festhalten möchte. Mein analytischer Freund, der Seelenzergliederer, hat inzwischen eine eigene Zeitschrift aufgemacht.

Dort erscheinen meine Notizen:

West – Ost – Mittendrin: ein Annäherungsversuch

„Ich war neugierig, mißtrauisch und zu oft allein. Da bekam ich diese Einladung. Ich las: ,Die Grenze ist weg, aber die Einheit gibt es noch nicht. Zu verschieden sind die Menschen, zu unterschiedlich sind unsere Geschichte

und Lebensform in den letzten 45 Jahren gewesen. Wir haben festgestellt, daß offene und ehrliche Begegnung einander näherbringen kann, auch, wenn sie erst einmal das Trennende enthüllt. In diesen drei Tagen wollen wir deshalb Raum und Zeit für tiefere Begegnung schaffen. Nicht, um zu diskutieren oder zu belehren oder um politische Programme zu beschließen, sondern, indem wir uns mit allen Gefühlen wie Angst, Wut, Neid und Verzweiflung, mit Gleichgültigkeit und Vorwürfen zeigen.'

Das klang spannend. Ich beschloß, mich überraschen zu lassen. Spürte aber sofort auch Zweifel: Ob nicht vielleicht eine Sekte dahintersteckte? Würde ich das überhaupt bemerken? Seit einem Jahr bekomme ich jede Woche Post vom ,Dianetik-Zentrum' der Scientology Church. Mein Mißtrauen sitzt tief. Mein Erfahrungshunger aber auch.

Seit elf Monaten bin ich arbeitslos und empfinde diesen ungewohnten Status abwechselnd als deprimierend und als völlig neue Chance. Eine Wanderung auf schmalem Grat. Als DDR-Frau stand ich mit beiden Beinen im Berufsleben und hatte Familie, zwei Kinder ,ganz nebenbei'. Jetzt hat sich vieles in das Gegenteil verkehrt; ich bin vor allem Mutter, mir fehlen die früher so selbstverständlichen sozialen Kontakte. Bei soviel Muße, Alleinsein mit mir und meinen Zukunftsgrübeleien will ich oft dringend RAUS. Andere Leute kennenlernen, meinen ,Im-Eigenen-Saft-Horizont' erweitern. Mich selbst relativieren, um am Ende vielleicht ganz neu zu mir zurückzufinden. Dazu schien mir dieses Wochenende eine gute Gelegenheit. Die Zeit: ein Jahr nach der deutschen Vereinigung! Der Ort: das Dorf hinter Westberlin. Für mich in jeder Hinsicht fremdes Territorium. Entsprechend verspannt war ich auch. Es kamen um die dreißig Frauen und Männer aus dem deutschen Westen – einschließlich der Veranstalter und der vier leitenden Therapeutinnen –

und nur sechs aus dem Osten: aus Görlitz, Potsdam und Ostberlin. Würden wir die ‚Exoten‘ sein oder gleichberechtigte Gesprächspartner? Würden wir unser hartes Schicksal bejammern? Auf oberflächliche Vorstellungen treffen vom ‚armen unterdrückten Ossi‘ und dem ‚freien, selbstsicheren Wessi‘?

Insgeheim stellte ich mich auf polemische Diskussionen ein. Aber es kam anders.

Zunächst einmal viel leiser, als ich es erwartet hatte. Der erste Abend: gegenseitiges Vorstellen in großer Runde. Kein einziger sprach von Beruf, Funktion oder Erfolgen. Nicht wichtig, das alles. Wir begegneten einander auf der Gefühlsebene. Kerzen, Kastanien, Steine – symbolhaft angeordnet; Teppiche und Decken, um auf dem Fußboden sitzen zu können. Große Ruhe bei allem, was wir taten. Atemübungen, Meditation, körpertherapeutische Elemente. Beim Reden ein ganz einfaches Hilfsmittel: ein ‚Sprechstein‘ – glatt und rund, der angenehm in der Hand liegt. Er wird im Kreis herumgereicht, und wer ihn hält, spricht über sich. Er darf nicht unterbrochen werden; es wird ihm geduldig zugehört. So bekommt jeder Zeit und Raum zum Nachdenken, Fühlen, Formulieren und Reden, soviel er braucht. Der Anspruch: Nichts ist ‚falsch‘ oder ‚richtig‘, sondern es ist immer die persönliche Wahrheit dieses Menschen in diesem Augenblick. Redekultur, die ich nicht gelernt habe. Ich spürte, wie schwer mir beides fällt: das offene Aussprechen ebenso wie das schweigende Zuhören. Der Drang, zu unterbrechen, herauszuplatzen mit eigenen Argumenten, ist stark in mir. Gerade, wenn ich entgegengesetzte Meinungen ertragen muß.

Die beiden folgenden Tage begannen mit Tanz und kommunikativer Bewegung.

Entspannung und Konzentration wechselten einander ab. Wir unternahmen den Versuch, unsere persönliche Entwicklung in Zusammenhang mit der deutschen Geschich-

te zu stellen. Ein ungeheuer interessantes Unternehmen, weil ja nicht nur verschiedene Welten, sondern auch verschiedene Generationen aufeinandertrafen. Erinnerungen an den Faschismus, am eigenen Leib erlebte faschistische Erziehungsprinzipien und Angst vor gegenwärtigen Tendenzen, wie Ausländerhaß und die wachsende Zahl deutscher Neonazis, wurden sehr schnell lebendig. Weitere Themen waren unsere Erlebnisse aus der Zeit der Wende in der DDR, beziehungsweise kurz davor und kurz danach. Wurzeln der eigenen Identität und Heimatgefühl. Es fällt mir schwer, darüber zu schreiben. Zu vieles wurde noch einmal aufgewühlt, wovon ich längst geglaubt hatte, es sei verarbeitet und geordnet ‚abgelegt'. Ich stellte fest, wie anstrengend und schwierig es ist, mit Worten zu erklären, welche Gefühle sich für mich (Jahrgang 1961) mit diesem Land DDR, mit der Mauer und mit der Geschichte seit 1989 verbinden. Den Versuch war es wert.

Politik mit Psychologie zu verbinden, ist ein gewagtes, wenn auch fesselndes Experiment. Ein Wochenende kann keine Psychotherapie sein, aber oft schienen mir die Grenzen verführerisch fließend. So kamen teilweise heftige Emotionen zum Ausbruch, denen man in diesem Rahmen unmöglich auf den Grund gehen konnte. Ich selbst fühlte mich mehrmals ratlos und befremdet angesichts des geballten Gefühls, das ‚Wessis' offensichtlich manchmal so völlig anders ausdrückten, als ich es tun würde. Ein Ausdruck dessen, was uns trennt.

Die ‚Übermacht' derer aus dem Westen schlug am Ende doch zu Buche.

Über große Strecken ging es um ihr Untereinander, viel seltener tatsächlich um das Miteinander. Der Mikrokosmos dieses Wochenendes spiegelte im Grunde die gesellschaftliche Realität wider, schon rein zahlenmäßig. Ich versuche, gerecht zu sein und stelle mir vor: dieselbe

Situation, nur unter umgekehrten Vorzeichen, also ‚Ossis' in der Mehrzahl. Mit großer Wahrscheinlichkeit hätten sich dann die Westler ‚außen vor' gefühlt, nehme ich an.

Trotz allem hat sich diese Begegnung für mich gelohnt. Ich erlebte sie als aktivierend und bereichernd in vieler Hinsicht. Wo sonst in dieser Gesellschaft trifft man sich offen und vorurteilsfrei zum Gedankenaustausch!

‚Die Mauer fand ich ehrlicher', sagte eine Teilnehmerin, ‚Was jetzt abläuft, ist viel verdeckter und versteckter, aber Mauern gibt es wirklich noch genug.'

Dabei entdeckte ich altbekannte Vorurteile, die sich nur zu einfach immer wieder zu bestätigen scheinen (obwohl ich doch nur allzu gern von mir glaube, davon völlig frei zu sein!): ‚Wessis' sind nicht natürlich, sie tragen ständig eine Maske. Sie sind selbstbewußt bis zur Arroganz ... undsoweiterundsofort.

Aber gerade letzteres relativierte sich sehr schnell, schon am ersten Abend.

Jenseits von antagonistischen Ideologien, von Alltags- und Leistungsstreß kamen die menschlichen Wesen zum Vorschein, mehr oder weniger sympathisch, aber auf jeden Fall ansprechbar. Sich auf diese Art zu begegnen, wenn auch nicht unbedingt zu verstehen, das war der Erfolg dieses Treffens. Hatte ich anfangs die Befürchtung, es würde sich vielleicht viel zu schnell ein trügerisches Gefühl inniger Zusammengehörigkeit einstellen, so löste sich das glücklicherweise im Laufe der drei Tage wieder auf. Es wäre wirklich eine Illusion gewesen. Zu verschieden sind die Standpunkte, Lebens- geschichten und Möglichkeiten der Einzelnen – ich mag da keine Euphorie. Es ist schon viel, ein solches Modell für Toleranz, Verständnis und Akzeptanz anderer Sichten auszuprobieren.

Mich läßt es hoffen."

Erste Versuche, eine eigene Sprache, eine Stimme zu finden. Zu sagen und zu schreiben, was ich denke und fühle. Und nicht, was ich *hätte* sagen, denken und fühlen sollen. Der Gedanke könnte von mir sein, ist es aber ursprünglich nicht. Der Schriftsteller Erwin Strittmatter hat es einmal so treffend gesagt: *„Viele Jahre meines Lebens gingen dahin, bis ich Mut genug beisammen hatte, das Hohngelächter der Dummköpfe und den Spott der Besserwisser für nichts zu achten. Bis ich zu sagen und zu schreiben wagte, was ich sah, was ich fühlte, was ich dachte – und nicht, was ich hätte sehen, fühlen und denken sollen."*

Ich verstand so gut, was er damit meinte. Er sprach mir direkt aus der Seele.

Und da ist immer noch die verzweifelte Vorstellung, der glühende Wunsch in mir: Mit Aktivität, mit trotzigem Kampf und eisernem Willen werde ich mein Leben wieder in den Griff bekommen. Und dann werde ich, ganz von selbst, nicht mehr trinken müssen. Nicht mehr so zerstörerisch. Alkohol – ja! Aber so wie die anderen: kontrolliert, mit Verstand und Genuß. Das würde ich schon noch lernen.

Auf einmal scheint es leicht zu sein.

Den Führerschein habe ich vor kurzem geschafft. Auch dabei saß ich oft genug mit restlichen „Prozenten" im Auto. Warum nur hat das nie einer bemerkt? Es ist so selbstverständlich, den „Kater" mit einem Schulterzucken abzutun, das Unwohlsein mit Streß zu entschuldigen, das Zittern für normal zu halten. Einmal sagt der Fahrlehrer zu mir: *„Manchmal sind Sie ganz konzentriert, ganz ,da'. Und dann wieder ist es, als würde sich eine unsichtbare Haube über Sie stülpen; ein Käfig, der sie von uns anderen trennt. Sie versinken."*

Als ich beim ersten Mal durch die Fahrprüfung falle, trinke ich auf die Enttäuschung nicht. Jeder hätte ein

Besäufnis jetzt verstanden, auch der Lehrer.

Beim zweiten Mal schaffe ich es. Nun wird es begossen.

Also werde ich Autofahrerin, trotz aller Unkenrufe, nicht „der Typ dafür" zu sein.

Das habe ich oft gehört, und die Begründungen leuchteten mir ein: zu nervös, zu empfindlich, zu leicht erregbar.

Zu, zu, zu! Schwächstes Glied eben.

Wieder einmal habe ich das Gegenteil bewiesen.

Der Kampf geht weiter, nun muß ein Auto her.

Wir haben wenig Geld, ein ehemaliger Kollege verkauft uns seinen alten Skoda.

Meine Übungskarosse! Ich werde sie fahren, bis sie an einer Kreuzung „unter sich macht". Bis das Vehikel, das mir so ans Herz gewachsen ist, einfach beim Halten an der roten Ampel alles aus sich herausfallen läßt – und ich kann sehen, wie ich es nach Hause bringe. Auch da bleibe ich nüchtern, trinke nicht auf den Schreck.

Bis zu diesem Tag bringt mich der Skoda jeden Tag zu meiner ABM-Stelle und wieder nach Hause. Mein stolzer Blick aus dem Fenster auf den Parkplatz. Dort steht er, und ich habe ihn ganz allein dahingefahren! Eine Weile trägt es mich.

ABM heißt „Arbeitsbeschaffungsmaßnahme". Ich würde es „Beschäftigungstherapie" nennen. Ganz gut bezahlt, mit riesigen Ansprüchen und sich stapelnden Umweltkonzepten für vernachlässigte Stadtbezirke. Wir reden uns die Köpfe heiß. Wir fühlen uns kollektiv verraten und verkauft. Wir entwickeln das, was wir für ein neues Selbstbewusstsein halten: herausfinden, wie „man sich heute verhalten muß", unter den neuen Bedingungen. Wir merken nicht, daß wir versuchen, uns wieder nur anzupassen. Was anziehen, wieviel Geld fordern, welche

Worte gebrauchen – und vor allem: welche auf gar keinen Fall, weil sie ans Sozialistische erinnern könnten? Was aus dem Lebenslauf streichen, was elegant umformulieren, wie die Körperhaltung verändern? Ins Bild passen, um nur bitte nicht unterzugehen.

Ich weiß noch, wie wir gekichert haben, als die ersten Westleiter, auf unserem Radiogelände aufgetaucht waren. In Schlips und Nadelstreifen, mitten in der Woche! Wie kann man nur so eingebildet daherkommen! Geschniegelt und gebügelt, feingemacht, als ginge es zur 9. Sinfonie von Beethoven zu Silvester in den „Palast der Republik"! Auf Anhieb waren sie als Fremdlinge zu erkennen. Es dauerte nicht lange, und die Geschäftsleute-uniform setzte sich überall, wo es richtig wichtig wird, durch. Ich selbst habe sie im Schrank hängen, die Jacketts. Männliche Sakkos mit Polstern, die die Schultern breiter, das Weibliche unsichtbarer machen. Sie wirken wie ein Schutz, ich habe es erlebt. Doch das kommt später.

Jetzt sitze ich in meinem ABM-Büro, und das Unbehagen wächst. Es ist doch nichts dabei, täglich sechs Stunden absitzen und als „Studierte" vergleichsweise viel Geld zu bekommen. Geld, das für die Miete ausreicht und das Essen. Warum kann ich mich damit nicht zufrieden-geben? Der Vertrag für das zweite Jahr liegt schon vor mir. Doch ich weiß längst, daß alles in mir schreit. Daß ich hier ´raus will wie aus einem Gefängnis. Immer öfter verlasse ich meinen Platz, einfach so, mitten in der bezahlten Zeit. Flucht. Spazierenfahren, spazierengehen, ziellos. Mein Kopf mahnt zur Vernunft, du hast schließlich zwei Kinder. Mein Körper, mein Innerstes sprechen eine andere Sprache. Ich muß hier weg, sonst gehe ich ein wie die Zimmerpflanze.

Viel später kommt Post von einer Mit-ABM-Kollegin. Ein fotografisches Leporello: der karge Schreibtisch, auf dem mein Tagebuch liegt. Die eingegangene Grünpflanze in ihrem schmucklos-braunen Steinguttopf. Das Telefon, mein Draht zur Außenwelt. Die Kaffeemaschine. Rettung vor der endgültigen Abstumpfung. Auf der Rückseite schreibt sie: *„Unsere Gespräche waren das Einzige, was mich noch irgendwie hierher getrieben hat. Jetzt schleppe ich noch mehr zum Lesen mit mir herum, um irgendwie über die Zeit zu kommen. Hier was Sinnvolles für die Umwelt tun zu wollen, habe ich mir gänzlich abgeschminkt! Man hat hier nur zu tun, sinnlose Verwaltungsscheiße oder ähnlich ‚wichtige‘ Dinge wie ‚gleitende Arbeitszeitanordnung‘ (zum ´zigsten Mal überarbeitet), Regiestellen oder ähnliches zu erschaffen, wirklich bedeutend und mitreißend! Wenn man nicht schon vorher dazu neigte, kann man hier nur Zyniker oder notorischer Nörgler werden. Deswegen und auch sonst ist Deine Entscheidung, das Risiko zu wagen, goldrichtig."*

Das Risiko wagen.
Ich hatte mich entschieden. Ich wollte von nun an selbständig sein, als freie Journalistin arbeiten. Zehn Monate Trockenheit hatten mich sehr mutig gemacht. Wenn mir das gelang, was sollte mich dann noch aufhalten?!
Die mahnenden Stimmen überhörte ich einfach. Auf meiner Abschiedsparty trank ich mit meiner Chefin den ersten Schnaps seit so langer Zeit. Er schmeckte nicht und wirkte überwältigend. Da war sie wieder, die leichte, schnelle Entspannung, das Abfallen jeglicher schwere und übergroßer Verantwortung. Ein Gläschen nur, dann wollte ich zurückkehren zu der nüchternen Erfahrung des vergangenen Jahres.
Bei vollem Bewußtsein wollte ich den Schritt meines Lebens wagen: Noch nie hatte ich soviel Mut gebraucht

wie jetzt, als ich mir nichts so sehr wünschte wie „Freiberuflerin sein". Schon der Klang des neuen Status berauschte mich.

Nachts wachte ich oft schweißgebadet auf, fiebernd vor Existenzangst.

Aber ich hatte keine Wahl, so sehr wollte ich es – trotzdem.

Nachdem der Skoda seine inneren Organe auf die große Kreuzung hatte fallen lassen und nachdem ich ihn, sterbend, im Schrittempo nach Hause gebracht hatte, kaufte ich mir mein erstes eigenes West-Auto, einen Citröen. Beseelt von dem einzigen Gedanken: Nie wieder lasse ich mir in irgendeine meiner Angelegenheiten hineinreden, ab jetzt bestimme ich über mein Leben selbst.

Mein erstes „trockenes" Auto! Darauf würde ich einmal zurückblicken. Der Schnaps und die nachfolgenden kleinen Pikkolo-Lügen waren verdrängt. Obwohl es längst schon schleichend wieder angefangen hatte, war ich in meinen Augen befreit vom Trinkzwang wie von jeglichem Zwang. Ich hielt mich für unschlagbar stark. Für viel zu jung, um kampflos aufzugeben.

Ab heute würde ich es „ihnen" eben wieder einmal zeigen! „Sie" waren in diesem Falle die alten Ostkollegen und die neuen Westkollegen. Beinahe hätte ich mich freiwillig in die Bedeutungslosigkeit zurückgezogen. Nun nicht mehr länger: Auch unter den neuen Bedingungen würde ich eine gute Journalistin sein.

Die Richtung stimmte, aber ich wollte zuviel auf einmal. Der Alkohol war noch nicht fertig mit mir.

Ausgerechnet in der kleinen Redaktion, wo ich vor vierzehn Jahren als Volontärin angefangen hatte, dort bekam ich jetzt meine freiberufliche Chance. Kollegen und

Kolleginnen halfen mir, stellten Verbindungen her. Es war nicht schwer, aber ich machte es mir schwer. Reporter/innen wurden dringend gebraucht. Leute, die auf Zuruf kreuz und quer mit dem Auto durchs Land fahren und schnelle, aktuelle Beiträge lieferten. Zuerst gefiel ich mir als Rasende Reporterin. Wie gut, daß ich rechtzeitig meinen Führerschein erworben hatte, jetzt war er Startbedingung. Der – und fünf Probe-Drei-Minuten-Stücke. Ich lieferte sie zuverlässig ab, sie wurden alle fünf gesendet.

Damit war ich „drin". Wurde von nun an regelmäßig angerufen. Manchmal wußte ich morgens beim Aufstehen noch nicht, wo ich heute hinfahren würde. Vielleicht zweihundert, vielleicht dreihundert Kilometer.

Die wachsende Angst vorm Telefonklingeln beachtete ich nicht. Zu stark der Wunsch, „ES" allen noch einmal so richtig zu zeigen.

Dazugehören, um jeden Preis.

Geldverdienen, meinen „MANN" stehen.

Irgendwann kamen die ersten Chancen, Radiosendungen auch zu moderieren. Das ist weit weniger nervenaufreibend, dafür besser bezahlt. Ich übernahm Diskussionsleitungen, wurde Früh-Sprecherin. War immer öfter über Nacht in der Redaktion. Ich spürte ganz genau: Etwas wehrte sich vehement gegen die neue Aufgabe, für die ich mich wahrscheinlich nicht allzu gut eignete. Aber ich wollte es mit aller Kraft trotzdem. Gerade deshalb. Ich trank abends und nachts vor der Sendung und hatte vor mir selbst das Gefühl: alles unter Kontrolle. Aber meine Unsicherheit während der vier Live-Stunden wuchs und wuchs. Versprecher, zittrige Stimme, zaghaftes Fragen am Telefon.

Ich war schon längst am Untergehen und klammerte mich noch verzweifelt an diesen vermeintlichen Halt: meine

Arbeit, mein selbstverdientes Geld. Ich konnte mir beim besten Willen nicht vorstellen, was danach kommen sollte, würde ich den Job freiwillig aufgeben. Nein, ich mußte durchhalten. Vielleicht würde es ja noch ganz von allein besser, erträglicher. Ich würde es schon schaffen. Nur nicht loslassen.

August. Nach drei Wochen Ferien kam ich zurück, wollte wie üblich „meine" Sendungen vom Urlaubsvertreter zurück übernehmen.

Ein schöner Tag, die Kinder hatten noch frei, also nahm ich sie mit in die kleine Stadt nahe der großen. Eine Stunde Zugfahrt. Wir genossen sie zu dritt.

Ankommen in der Villa, die die Redaktion beherbergte. Verlegene Mienen, dann endlich sagte man es mir: Der Urlaubsvertreter habe sich als der Bessere erwiesen, er behalte die Moderationen. Ich sei doch ohnehin nie richtig glücklich damit gewesen, oder? Na bitte. Ich könne doch weiter über Land fahren, Beiträge machen.

Wie betäubt hörte ich zu. Bat noch lahm um ein klärendes Chefgespräch, das aber auch nichts nützte, das alle Beteiligten lediglich irgendwie in Verlegenheit zu bringen schien angesichts meines Schweigens. Es war nur eine Formsache.

Ich saß dabei, als ginge es um jemand anderen, nicht um mich. War nach innen gegangen, hatte mich zurückgezogen, sofort aufgegeben. Resignierte Flucht.

Das Verrückte daran war: Wie so oft, wenn ich mich nicht wehren konnte, aber wußte, hier geschieht mir unrecht, verschaffte mir die Situation auch einen gewissen Genuß. Mit der Katastrophe war ich auf mysteriöse Art vertraut. Ich ließ mich genüßlich in mein Elend hineinfallen. Nun müßte jeder verstehen, daß ich traurig war. Nun würde jede und jeder an meiner Stelle auch trinken.

So konnte es ein Teil von mir kaum erwarten, aus dem Studio wegzukommen.

Ein paar Mitleidsbekundungen hier und da, dann war ich fort, die Kinder im Schlepptau.
Wohliges Unverstandensein!
Der Tag war noch immer strahlend schön. Ein Park mit einem Spielplatz. Ich ließ die beiden laufen, klettern, rutschen, wippen. Hatte ich doch schon den Kiosk am Rande der Wiese entdeckt. Natürlich führte der auch Spreewaldbitter.
Vergessen.
Abtauchen.
Auf der Fahrt zurück schien ein mitfühlender Zugführer die Situation zu begreifen. Beruhigend redete er auf mich ein, holte die Kinder nach vorn, ließ sie in der Lokomotive mitfahren.
So wurde der Tag wenigstens für sie noch von einem Abenteuer gekrönt.

Aus einem Liebesbrief an R.
„Der dunkelste Punkt zwischen uns ist ganz sicher unsere unterschiedliche Sicht auf mein ‚Verhältnis' zum Alkohol. Ich glaube nicht, daß ich das Problem mit ein paar Worten aus der Welt schaffen kann (hier ist Geduld gefragt!), aber ich will und will mich auch nicht darum drücken. Was wäre sonst die ganze Ehrlichkeit wert! Mir tut weh, daß Du offensichtlich schon mal mehr Vertrauen zu mir hattest, das ich scheinbar durch meine periodischen ‚Rückfälle' oder ‚Abstürze' verwirkt habe. Dagegen lehnt sich etwas in mir total auf, weil ich nach wie vor glaube, daß es sich bei mir um den äußeren Ausdruck eines psychischen Problems handelt. Und deshalb ist Druck – (und wenn Du mir Dein Mißtrauen aussprichst beziehungsweise unfreiwillige totale Abstinenz von mir

verlangst, dann ist das für mich ein wahnsinniger Druck! Ich weiß: bei allem, was Du in dieser Hinsicht mit mir erlebt hast, brauchst du Zeit, um es entspannter sehen zu können ...) – ganz verkehrt, weil er mich schneller zum Aufgeben und damit zur Flasche bringt als alles andere. Was sollst Du nun damit anfangen?

Ich glaube, völlig okay war Deine Reaktion, mir zu zeigen, daß ich meine Verantwortung nicht einfach fallenlassen und Dir überhelfen kann. Das war eindrucksvoll und hat mich überzeugt. Außerdem habe ich inzwischen selbst gemerkt, wieviel mehr ich das Leben mit Dir oder auch alleine genießen kann, wenn ich nüchtern bin. Wir brauchen viel Fingerspitzengefühl und all unsere Sinnlichkeit füreinander – darum ist es für uns beide schädlich, wenn ich mich absichtlich abstumpfe. Denkst Du jetzt wieder: ‚Ja, ja, prima darüber theoretisieren – das konnte sie schon immer!' Wenn ja, magst Du sicher rechthaben.

Aber, Mensch, ich kämpfe doch!!!

Und ich will nichts lieber, als den Suff für mich als Problem aus der Welt zu schaffen. Ich weiß, daß ich im ausgeglichenen Zustand meinen Wein wirklich trinken und genießen kann. Und ich will das nicht mit anderen tun müssen, weil es mit Dir nicht mehr geht ...“

Auf zwölf eng beschriebenen Seiten verteidige ich mein Lebenselixier. Ich schreibe mir die Seele wund, nur, um ihn wieder einmal zu überzeugen. Davon zu überzeugen, daß er seinen Augen, seinem Gefühl, seinem Herzen nicht trauen soll – und statt dessen meinen Reden.

Vor nichts auf der Welt habe ich solche Angst, als einen meiner beiden Geliebten zu verlieren. Wahrscheinlich hätte ich auf den menschlichen noch lieber verzichtet als auf den stofflichen. Dieser Brief ist ein einziger Aufschrei. Laß mich einen Weg finden, wie ich kon-

trolliert trinken kann. Und bitte, bleib bei mir.
Geh nicht weg.

„... Manchmal träume ich schon von unseren Anfangs-
zeiten, als ich zu Dir kam und Du total vorurteilsfrei eine
Flasche Wein für uns entkorkt hast. (R., ich weiß, wo der
Fehler in meiner Argumentation liegt! Und schreibe es
eben trotzdem!!) Damit bezwecke ich jetzt keine
Nostalgie. Das Ulkige ist ja: Ich kann mir inzwischen gut
vorstellen, völlig ‚nüchtern‘ mit Dir zu leben. Weil es
nichts mehr gibt, was ich mit Macht verdrängen müßte,
was mich unglücklich macht und zur Flucht treibt.
Ich sehe halt nur die Notwendigkeit nicht ein und wehre
mich wie eine Wilde dagegen, irgendwohin getrieben zu
werden, wohin ich selbst absolut nicht will.
Möglich, daß Du Dir eine eindeutige Haltung von mir
wünschst. Aber so, wie ich es sehe, ist sie ganz klar: Ich
weiß, daß ich aufpassen muß (vor allem in depressiven
Phasen), und ich weiß, daß es meistens ohne Alk schöner
ist. Aber meinen Appetit auf einen Schluck will ich
einfach nicht zügeln, solange ich nicht restlos davon
überzeugt bin, daß ich das muß. Wer soll das verstehen,
wenn Du mich nicht verstehen willst!
Am liebsten würde ich Dich jetzt bitten: um Vertrauen zu
mir, um Geduld und um Großzügigkeit.
Aber das geht natürlich nicht. Du bringst alle diese Dinge
auf – oder nicht. Aber bitten kann ich Dich nicht darum.
Ich will ja nur, daß wir beide an diesem Thema nicht zerbrechen – und dafür kann ich genau so viel tun wie Du.
Auch, weil wir beide genau so viel beziehungsweise
genau so wenig darüber wissen.
Ich glaube, wir könnten alle vier wunderschön zusam-
menleben, vorausgesetzt, ich kriege ein normales
Verhältnis zu ‚flüssigen Prozenten‘ hin. Mir ist wirklich
bewußt, daß davon vieles, wenn nicht sogar alles abhängt.

Ich zwinge mich, nach vorn, in die Zukunft, zu gucken, und nicht zurück zu all den Tagen, an denen ich uns schöne Stunden versaut habe – einfach dadurch, daß ich ,voll da' war. Ich will uns nicht aufs Spiel setzen.
Aber Asche aufs Haupt nützt gar nichts! Es geht uns besser als je zuvor (wenn man mal die Arbeits- und Umweltfaktoren wegläßt), wir leben endlich zusammen. Die Kinder haben Dich inzwischen sehr lieb, das spüre ich immer neu. Wenn ich an meine Angst am Anfang denke, wie skeptisch ich gewesen bin, ob so eine Zweit- familie überhaupt funktionieren kann – es ist schon ein großes Glück! Ich möchte es nicht zerstören ..."

Immer wieder dieser kraftvolle Aufbruch, dieser Anlauf, den ich nahm – um irgendwann um so schlimmer abzu- stürzen. Es ist kaum vorstellbar, wie jemand diesen irrsin- nigen Rhythmus so lange durchhalten kann. Irgendwer – ich weiß nicht mehr, wer das war – hat mal zu mir gesagt: „*Wenn ein ganz normaler Mensch nur ein einziges Mal diese Zustände durchmachen würde, wie du sie erlebst nach deinen Exzessen, glaub mir, er würde nie wieder auch nur einen Tropfen Alkohol anrühren.*" Das war es: Ich war nicht „normal". Aber das Einfachste konnte ich nicht akzeptieren. Ich zog es vor, Sucht zum Thema meiner Sendungen zu machen. Das verschaffte mir die Illusion, mir selbst zu helfen, indem ich andere beobachtete.

Mein Beruf gibt das her wie jeder andere „Helfer"-Beruf: immer außen stehen und dabei das sichere Gefühl haben, mittendrin zu sein, bei sich selbst zu sein.
Gesprächsrunden mit trockenen Alkoholikern, Porträts, Reportagen von Suchtwochen (mir gefiel der Satz: „*Jeder Mensch hat das Recht auf seinen Rausch!*"), Besprechun- gen der wenigen Bücher, die in der DDR über Trinker-

Karrieren erschienen waren.

Diese Geschichten wirkten immer sehr traurig und hoffnungslos auf mich. Biografien voller persönlichen Versagens und der schlimmsten aller Konsequenzen: nie wieder Alkohol, nicht den kleinsten Schluck.

Das machte mir Angst, so wollte ich nicht enden. Daß ein trockenes Leben zufrieden, fröhlich, glücklich sein kann, das ist mir nicht ein einziges Mal in den Sinn gekommen, und darüber habe ich auch nie etwas gelesen. Vielleicht, weil ich es nicht lesen *wollte*.

Bei mir blieben hoffnungslose Schicksale hängen:

Eine junge Frau kommt aus dem Entzug, muß gegen ihren Willen mit dem Ehemann auf eine „wichtige" Gartenparty. Natürlich fließt dort der Alkohol in Strömen, und schon im Obstsalat ist Rum. Sie kann dem nicht entfliehen, gibt auf, springt am Ende betrunken in den Pool. Wird geschieden, verliert den einzigen Sohn an seinen Vater.

Ähnlich geht eine Fernseh-Krimi aus – eine Revolution, daß er mit diesem Thema überhaupt gedreht werden durfte! (Im frohen Sozialismus gibt es offiziell keine Alkoholiker):

Ein Mann hat die Entgiftung endlich hinter sich gebracht. Zaghaft kehrt das Leben in seine Augen zurück, als seine Freundin ihn im Krankenhaus besucht. Kaum draußen, überfallen ihn schon die alten Kumpels, flößen ihm – als er sich nicht zum nächsten Einbruch überreden lassen will – mit Gewalt Schnaps ein. Einem trockenen Alkoholiker Hochprozentiges in den Mund zwingen! Welcher Autor denkt sich so etwas Brutales aus! Auch hier gibt es keine Umkehr. Er stürzt in den nächsten Rückfall, bekommt keine neue Chance mehr, stirbt.

Eine Autorin vergleicht ihre Sucht mit dem Tragen eines „Brennnesselhemdes" auf Lebenszeit – so verstehe ich sie jedenfalls damals.

Ein Autor trinkt sein „letztes erstes Glas" und findet Rettung in einer kirchlichen Gemeinschaft. Was soll ich da? Ich bin vollkommen ohne Konfession aufgewachsen, ich werde nie ein „Halleluja" singen.

Andere Gruppen sind nicht vorstellbar im verträumten Land. Zusammenkommen und offen reden? Und wenn da ein Stasi-Mann dabei ist, oder eine -Frau? Es wäre so leicht, Abhörer/innen einzuschleusen, Menschen auszuhorchen. Nein, allein schon die Vorstellung ist ungeheuerlich. Solche verschworenen Gemeinschaften kann es höchstens unter Kirchendächern geben, und selbst da sind sie riskant.

Also halte ich mich an die Informationen, die ich beim Lesen bekommen kann, in den Büchern.

Was ich da erfahre, gepaart mit meiner Ur-Angst, erzeugt Bilder in meinem Kopf: Nein, zu *denen* möchte ich nicht gehören. Auf gar keinen Fall. Lebenslange Schwäche, lebenslange Abhängigkeit, lebenslang wie eingesperrt sein.

Auf den gegenteiligen Gedanken komme ich gar nicht: daß mein Trinken mich unfrei macht, abhängig, schwach, manipulierbar. Daß ich mir damit, und mit nichts anderem, selbst alle Hoffnung nehme, mich vom Leben abschneide.

Und da sind noch die Süchtigen in meiner Umgebung. Kollegen, über die gemunkelt wird. Wilde Erlebnisse von Bahnhofskiosken im Morgengrauen. Von nächtlichen Partys im Funkhaus. Wenig appetitliche Einzelheiten, Pannen, Dummheiten. Wird davon in feuchtfröhlicher Runde etwas zum Besten gegeben, lache ich am lautesten.

Die warnende innere Stimme übertönen.

Zitat aus einer bunten Zeitung im Frühling 2000

„Man sagt ja, Alkoholiker sind die sensibelsten Menschen. Eigentlich sind sie auf der Suche nach Gott. Sie haben es nur vergessen. Deshalb schütten sie diese Leere zu."

(Robert Atzorn, Schauspieler)

Die Welt war ganz und gar nicht so, wie ich sie gern gehabt hätte. Es gab keine Rätsel mehr.

Alles schon gesagt, alles erkannt, alles gelöst.

Ich war umgeben von Menschen, die schon alles wußten.

Ich brauchte es nur noch aufzusaugen, nachzuplappern, die Großen Helden bewundern, den Vorbildern nachzueifern; weiterführen, wofür andere schon den Boden bereitet hatten.

Weitergehen auf dem vorgezeichneten Weg.

Ich wollte aber selbst suchen. Eigene Wege finden.

Wo sollte ich hin mit dieser Sehnsucht, für die ich keine Worte hatte! Eine Fürsorgliche hat mir einmal erklärt: Bei Frauen ist das Trinken Ausdruck des Protestes gegen unerträgliche Zustände. Eine Form der Konfliktlösung sogar.

Welchen Konflikt löse ich wohl damit, daß ich mich selbst zerstöre?

Daß ich mich im Krieg gegen mich selbst befinde.

Wir wollen den Krieg beenden. Heute noch.

Ganz fest glauben wir beide daran, daß unsere Liebe am Ende stärker sein wird als dieser Wahnsinn.

Eines Tages machen wir uns mit unseren Fahrrädern auf in den westlichen Teil der Stadt. Wir wissen: Dort sind sie schon viel weiter in der Arbeit mit Süchtigen, es gibt viele Projekte, Gruppen, Möglichkeiten. R. hat in einem Ratgeberheftchen nachgeschaut, nun wollen wir es gemeinsam anpacken, die Stellen abklappern. Mit einem Ruck das Problem lösen. Ein für allemal.

Ich wünsche es mir ehrlich, als wir losfahren. Ein schöner Tag. Sonne, Frühling, Aufbruch.

Alles paßt zu unserer Stimmung. Mit dem Fahrrad kommen wir gut voran, im Westteil haben sie schon seit Jahren ein gut ausgebautes Netz an Radwegen.

An der ersten Tür klingeln wir; R. spricht für mich: „Wir wollen einfach 'raus!"

Wir dürfen hereinkommen, Platz nehmen. Aufmerksam hört die Helferin zu, wie R. redet. Irgend etwas stimmt nicht, wir sind falsch hier. Also fahren wir weiter.

Die nächste Tür. Wir gehen eine Treppe hinauf, wieder ein Tisch, Stühle, ein freundlicher Helfer.

Ob ich allein mit ihm reden möchte? Nein, natürlich nicht. Ich habe nichts zu verbergen. Eine Weile dauert das Gespräch, dann brechen wir wieder auf – zur nächsten offenen Tür.

Einen ganzen Tag lang sind wir so unterwegs. Aktiv sein, etwas tun, bloß nicht kampflos aufgeben, uns nicht diesem Teufelskreis ergeben.

Gegen Abend, erschöpft, will R. nur noch schnell etwas einkaufen, zum Essen, für uns und die Kinder.

Kaum hat er sein Fahrrad angeschlossen, das Geschäft betreten – ich habe darum gebeten, draußen warten zu dürfen, die Räder bewachen – geht alles blitzschnell. Kein Denken, kein bewußter Entschluß. Ich lehne mein Rad an, schließe nicht ab, alles dreht sich nur noch um den einen Wunsch, der mir nicht einmal klar ist: Ich lasse alles stehen, wende mich mit traumwandlerischer Sicherheit nach links, zu dem kleinen Zeitungskiosk. Habe nicht darüber nachgedacht, habe aber im nächsten Augenblick schon den Flachmann in der Hand, schraube ihn auf, setze ihn an meine Lippen, lasse die scharfe klare Flüssigkeit auf einmal in mich hineinlaufen. Stehe, als wäre nichts geschehen, wieder neben unseren Fahrrädern. Äußerlich dieselbe, innerlich abgedriftet in die andere Welt. Diese Wirkung genießen. Jede andere Lösung ist unendlich anstrengender. Einfaches Weggleiten, Abheben, Auslöschen. Das Schwere endet hier. Ich werde federleicht, schwebe fort, muß mich nicht mehr so quälen. Keiner merkt etwas, da bin ich sicher. Mein kleines harmloses Geheimnis.

R. kommt vom Einkaufen zurück. Schaut er mich seltsam an? Mir doch egal. Auf der Rückfahrt sind wir schweigsam. Ich, weil ich nichts Verräterisches sagen will. Gehorcht meine Zunge mir noch? Würde er es spüren, an irgendeinem Wort, das ich so sonst nicht gesagt hätte? Lieber schweigen.

Was geht in ihm jetzt vor?

Sie *kann* es unmöglich getan haben. Nein, bestimmt irrt er sich. Trügen ihn seine Sinne, verwirrt ihn seine innere Stimme. Das geht nicht, das kann so nicht sein, das will er einfach nicht glauben. Sie kann nicht nach so einem Tag, nach so einer gemeinsamen Aktion, die sie doch zusammenbringen sollte, die sie gemeinsam retten sollte, da kann sie doch nicht die erste, die allererste sich bietende Gelegenheit genutzt haben, um sich wieder vollzuschütten. Das ist Irrsinn in Reinkultur. Nein, er muß sich täuschen.

Und doch ist es so.

Vom Rest dieses Abends weiß ich nichts. Ganz sicher stellte sich irgendwann Gewißheit ein.

Wieder einmal war eine Hoffnung zerbrochen. Gestorben.

Ich glaube immer noch an meinen Neuanfang.

Wenig Geld, aber das ist kein Wunder, wenn man als Freiberuflerin erst anfängt. *„Qualität setzt sich durch",* beruhige ich mich mit der Stimme meines Vaters. Qualität setzt sich eben langsamer durch als Stümperei! Erste kleinere Aufträge, Drei-Minuten-Reportagen. Es scheint zu gelingen.

Dann kommt ein rabenschwarzer Tag.

Ich wache auf und weiß wieder einmal nicht, wo ich bin, wie der gestrige Abend endete.

Dunkel erinnere ich mich: Heute muß ich einen aktuellen Bericht abliefern.

Mühsam stehe ich auf, alles dreht sich, mir ist furchtbar elend. Ich übergebe mich, wo ich bin.

Ich muß dringend unter die Dusche. Ja, genau. Heiß und kalt duschen, einen starken Kaffee trinken, und ich werde wie Phönix aus der Asche wieder auferstehen. So ist es gut.

Unendliche Kraftanstrengung. Alles kostet zähe Energie, jahrzehntelange Zeit, so kommt es mir vor.

Bitte, nicht heute ein neuer Absturz. Nicht ausgerechnet heute, wo ich doch diese Arbeit abliefern muß.

Nicht dieses endlose Würgen, dieses Rasen im Kopf und im Bauch, dieses nicht enden wollende Sterben. Die Seele stirbt zuerst, dann der Körper.

Nein, bitte, bitte, heute nicht!

Heute doch.

Aber ich will es nicht hinnehmen. Ich überwinde unsichtbare Fesseln, ziehe mich unter Krämpfen an. Der Kaffee kommt sofort wieder, so, wie ich ihn in mich hineingeschlürft hatte. Jetzt ins Auto.

Ich fahre durch die Stadt und bin ein Verkehrshindernis. Plötzlich halte ich an, mitten auf einer Kreuzung, öffne die Fahrertür, übergebe mich. Die Blicke der Passanten, ihren Ekel nehme ich sehr wohl wahr. *„Mahlzeit!"* und *„Na, guten Appetit",* werfen sie angewidert herüber. Also muß es schon Mittag sein. Ich befinde mich zwischen Raum und Zeit, treibe mich selber an, habe nur das eine Ziel: diesen Auftrag nicht verderben. Danach kann ich mich ja hinlegen, ausruhen, entziehen.

Weiter. Ich komme an im Studio, bin zum Glück ganz allein.

Rufe R. an wie tausend Male zuvor. *„Bitte, komm sofort, du mußt mir helfen. Laß mich jetzt nicht allein!"*

Ich weiß nicht, was er gerade macht, wobei ich ihn störe, ob er vielleicht Streß hat oder in einer wichtigen Beratung sitzt. Es ist mir egal. Er muß kommen. Er muß mich doch retten.

Aber etwas ist anders heute. Er sagt: *„Nein, Clara, ich komme nicht. Ich kann nichts für dich tun."*

Und legt auf.

Ich bin allein.

Ich bin so einsam.

Nun haben mich alle verlassen.

Zähne zusammenbeißen. Ich bringe es tatsächlich fertig, meinen Bericht zu schneiden, zu texten, zu sprechen, zu mischen. Ich liefere pünktlich ab. Nun darf ich mich endlich gehenlassen.

Bevor ich im Bett verschwinde, besorge ich mir noch Nachschub. Es wird Nacht in mir.

Viel später soll ich erfahren, daß zwei Kollegen am selben Tag lange versucht haben, noch etwas aus meinem Beitrag zu machen. Damit er vielleicht sendbar wird. Am Ende mußten sie aufgeben. Meine unsägliche Anstrengung endet im Redaktionsmülleimer.

Immer noch versuche ich, mir alles „vernünftig" zu erklären. Kann nicht aufhören zu glauben: Wenn ich nur richtig denken würde, wenn ich das Zipfelchen Weisheit hätte, das mir noch fehlt, dann müßte ich auch nicht mehr so zerstörerisch trinken. Hartnäckig hält sich diese Überzeugung, daß ich mein Problem irgendwie „intellektuell" bewältigen könnte, wenn ich nur nicht so blöd wäre.

Bin ich blöd?

Ein neuer Entschluß: Ich werde meinen IQ, meinen Intelligenzquotienten, testen lassen. Der Beruf dient als Vorwand. Jederzeit kann ich eine Sendung über dieses Verfahren anbieten. Ich stelle mich eben bloß als Testperson zur Verfügung.

Eines Morgens erscheine ich mit dem üblichen Pelz auf der Zunge und den bohrenden Kopfschmerzen beim Psychologen. Er hat schon alles vorbereitet. Mehr als zwei Stunden dauert die Prozedur. Spielchen, Fragen, Puzzles, Rechenaufgaben. Viele Bögen Papier werden beschrieben, angekreuzt, vollgemalt. Am Schluß zieht er sich zurück, wertet aus. Seine Botschaft, das Ergebnis, klingt wie Himmelsgeläut für mich: „*Wollen Sie Ihre Fähigkeiten wirklich in einem Beruf wie dem Ihren vergeuden?*"

Was hätte ich eigentlich gemacht, wäre die verkündete Zahl niedriger ausgefallen? Hätte ich mich erschossen? Wahrscheinlich aber hätte ich genau das gleiche gemacht, das ich nun tue: Ich verlasse den Verkünder froher Botschaften, kaufe mir eine Flasche besonders edlen Weines und versinke zusammen mit ihr in meinen Kissen.

Nun wird alles gut.

Ich rede darüber, ohne die ganze Wahrheit zu sagen.

Ich kokettiere vor den Kollegen damit.

Ich rufe meine Eltern an, meine Schwester. Seht her, was ihr für eine Verwandte habt! Vielleicht habe ich es ja von Euch geerbt. Endlich kann ich wieder glänzen.

Ich beschließe, dieses Wissen als „Guthaben" zu betrachten: Es sind mir noch genügend graue Zellen geblieben.

Ich bin nicht dumm, ganz im Gegenteil. „Ossis" haben

also keineswegs weniger im Kopf als „Wessis" – auch dieser Gedanke macht mir Mut. Endlich habe ich wieder einen Grund, an mich zu glauben, mich zu achten.

Und ich darf wohl auch noch ein bißchen ungestraft weitertrinken ...

Noch ist ja nichts Wesentliches endgültig kaputt.

Ein Wochenende bei den Eltern.

Wir sitzen gemütlich zusammen, leeren eine harmlose Flasche. Sekt oder Wein? Ich weiß es heute nicht mehr. Ein weiteres Schau-Trinken. Sie sollen sehen: Es gibt keinen Grund, mir zu mißtrauen. Genau wie jeder andere – „normale" Mensch – wie jede wahre Lady, kann ich mithalten: ein schönes langstieliges Glas genüßlich zum Mund führen, nippen, schlürfen. Nach einem kleinen Schlückchen den Kelch wieder abstellen, weiterplaudern. Gelöst und fröhlich. Was diese Fassade anlangt, bin ich die perfekte Schauspielerin. Immer mal wieder stehe ich auf, gehe hinaus. Jeder „muß" schließlich mal. Das ist es, was die Anderen denken sollen. Aber ich habe Stärkeres im Koffer. Das langsame Trinken macht mich nervös. Leise schleiche ich mich die Treppe hinauf, fülle nach. Als meine geheimen Vorräte aufgebraucht sind, gehe ich zur Küchenflasche meiner Mutter über. Da ist schon kein Gedanke an Entdeckung mehr. Der Liter Wein zum Kochen steht so offensichtlich neben dem Herd, es *muß* ganz einfach auffallen, wenn er nicht mehr da ist. Aber soweit denke ich nicht. Die Gier ist bereits stärker als jede vernünftige Erwägung.

Der Abend verläuft friedlich, alle scheinen beruhigt. Haben sie doch genau gesehen, wie – und vor allem wie *wenig* – ich trinke. Umso schlimmer wird das Erwachen am nächsten Morgen.

Ich stehe auf, meine Eltern erwarten mich mit unheilver-

kündender Mine. Eine Mischung aus Ratlosigkeit und
Zorn. Sie sitzen am ungedeckten Frühstückstisch, die
leere Koch-Flasche zwischen sich.
Was das zu bedeuten habe, fragen sie mich. Gerade
hätten sie doch wieder etwas Vertrauen aufgebaut zu mir,
und nun das. Ob ich denn unbedingt immer alles kaputtmachen müßte.

R. kommt dazu. Er ist für absolute Ehrlichkeit. Jetzt
machen wir alle reinen Tisch, jetzt oder nie!
Also reden wir. Hin und her. Ich raffe mein gesamtes
Psycho-Wissen zusammen, erkläre und erläutere. Gründe,
Entschuldigungen, Schuldzuweisungen, Ausreden.
Bis meine Eltern resigniert abbrechen.

Von nun an wenden sie sich nur noch an R.: *„Sie ist eine
Alkoholikerin. Glaub ihr kein Wort. Sie ist hochintelli-
gent und kann dir alles einreden. Aber die ganze
komplizierte Analyse hilft überhaupt nichts. Sie ist Alkoholikerin!"*
Tief in mir weiß ich, daß das stimmt. Aber ich will es
nicht hören. Will es von ihnen nicht hören. Ich finde, sie
haben kein Recht dazu, mir dieses Etikett aufzukleben.
Immerhin: Der Schreck genügt für eine Trinkpause.
Ich gelobe feierlich, ich will ihr Vertrauen wiederhaben,
ich raffe mich auf.

Meine guten Vorsätze reichen ungefähr für vier Monate.
Dann schlägt die Krankheit wieder zu. Zerstörerischer als
jemals zuvor.

Urlaub in Österreich.
Ein Bauernhof in der Steiermark. Was für eine göttliche
Landschaft. Hier ist die Welt noch in Ordnung.
Woher kommt auf einmal die sichere Überzeugung:

Inmitten so gesunder Wälder, grüner Wiesen, frischer Luft und unerschütterlicher Berge *kann* man gar nicht „krankhaft" trinken. Hier müssen sogar der Obstler und der Apfelmost irgendwie „gesund" sein. Und das Zusammensitzen ist so urgemütlich!
Es kann einfach nicht schädlich sein, hier mitzuhalten.

Gerade habe ich mein Vierteljahr selbst auferlegter Abstinenz hinter mir. Eine Zeit, in der ich eine Psychogruppe besuchte, mit einem wohlwollenden Therapeuten, in der ich R. mit Engelszungen wieder und wieder erklärt habe, daß ich nun einen neuen Weg beschritten, die Ursachen ein für allemal erkannt, das Problem nun endlich wirklich im Griff habe. So unwahrscheinlich es klingt: Ich habe ihn überzeugt. Er glaubt mir. Er freut sich auf den Urlaub. Unseren Neubeginn.
Der erste Tag.
Die versammelte Feriengemeinde sitzt idyllisch unterm ururalten Nußbaum. Grob gezimmerte Bänke und Tische, Blick auf die Gipfel der Zweitausender, entspannte Gesichter. Was jeder trinken möchte, fragt die Bäuerin.
Die Runde antwortet: Bier, einen Wein, Kaffee, Wasser.
Eine Frau gegenüber läuft rot an, als sie sagt: *„Ich schäme mich ein bißchen, aber ich hätte sehr gern einen Pflaumenschnaps."* R. sitzt neben mir, als ich – ohne nachzudenken – hinüberrufe: *„Damit Sie nicht so allein sind, trinke ich einen mit!"*

Sein Blick.
Wir sitzen so nah nebeneinander, wir können einander genau spüren.
Er hatte mir vertraut. Ihm war es gutgegangen bis zu diesem Augenblick. Er hatte sich warm und wohlgefühlt. Erholt. Bereit zur Erholung. Völlig bereit, zu vertrauen.
Und nun das. Aus heiterem Himmel. Von einem

glücklichen Moment zum nächsten fassungslosen.

Ich sitze neben ihm, spüre genau, was in ihm vorgeht, sehe diesen Blick.

Und kann´s nicht ändern.

Es ist mir vollkommen egal.

Ich fiebere dem ersten Schluck entgegen, alle Fasern meines Körpers lechzen danach. Die Getränke kommen. Noch gäbe es jetzt ein Zurück. Sein Blick wird bohrend. Ich zische ihm herrisch zu, er soll mich jetzt ja nicht bloßstellen. Dann setze ich das kleine volle Glas an, proste meinem Gegenüber zu und stürze den Hochprozentigen auf einmal hinunter.

Nach so langer Enthaltsamkeit ist die Wirkung umwerfend. In meinem Kopf beginnt ein himmlischer Gesang, die Welt wird watteweich, alle meine Muskeln lassen locker.

Ich lasse los. Lasse alle und alles los, wie es mir ohne meinen flüssigen Geliebten nie gelingt.

Jetzt kann der Urlaub beginnen.

Ich weiß noch, wie er endete.

Der Abschluß der drei Wochen Bauernhof sollte ein ganz besonderes Privileg sein: Wir durften auf eine private Almhütte fahren, nur wir vier – R., die Kinder und ich. Stille, keine Zivilisation, Waschen im Bach, abends nur Kerzenlicht, Kochen am offenen Feuer. Romantik, wie sie im Buche steht. Eine Urlaubswoche wie im Film.

Es dauerte nur vierundzwanzig Stunden, dann gab es in der einsamen Hütte keine alkoholischen Vorräte mehr. Ich lag im Schlafsack am Bach, mehr tot als lebendig. Hörte nur von fern das Spielen meiner Kinder, die Stimme meines Liebsten. Und kaum war das Sterben vorbei, überfielen mich Reue, Weinerlichkeit und die neue Gier. Noch lange nicht wieder nüchtern, stahl ich die

Autoschlüssel, fuhr die Stunde ins Dorf. Kaufte neuen Rotwein und Obstschnaps und eine Steingut-Schüssel. In einem meiner Wutanfälle hatte ich das alte Gefäß in der Hütte am Lagerfeuer zerbrochen.

Nun wollte ich so schnell wie möglich alles wiedergutmachen. Unfallfrei kam ich zurück. Abends, als R. eine Gulaschsuppe mit dem Wein verfeinern wollte, war keiner mehr da.

Wieder zu Hause, verläßt mich R. Ich schreie und flehe, es nützt nichts. Schon oft hat er Anlauf genommen, einfach seine Koffer zu packen und zu gehen. Diesmal macht er ernst damit.

Er spricht noch mit den Kindern, redet Klartext. Keine Entschuldigungen mehr. Mutti hat einen schwachen Magen, Mutti hat solchen Nervenstreß. Jetzt erfahren sie die Wahrheit, die sie ohnehin schon lange wissen.

R. gibt ihnen seine Telefonnummer, dann geht er. Hört nicht länger auf mein Wehklagen, schließt die Tür hinter sich und geht fort. Alles, was er noch gesagt hat: *„Ich gehe nicht, um dich irgendwie zu ‚erziehen'. Ich muß weg, weil ich dieses Elend um meiner selbst Willen nicht mehr ertrage. Ich möchte mich retten."*

So ein Egoist, denke ich.

Gehe zu meiner Hausärztin. Ihr Mitleid ist mir sicher. Gemeinsam stimmen wir ein in das alte Lied: *„Als ich dich am meisten gebraucht hätte, bist du gegangen!"*

Wir schließen einen Pakt. Jeden Tag soll ich mich um die gleiche Stunde bei ihr melden, ihn bis dahin nicht anrufen und nichts trinken. Das wäre doch gelacht, wenn wir, zwei starke Weiber, das nicht gemeinsam schaffen würden! Schon für die Kinder. Ich melde mich jeden Tag zur gleichen Stunde bei ihr, ich schaffe es, nicht anzurufen. Ich schaffe es nicht, die Zeit ohne Kräuterschnäpse und Schlummer-Schlucke zu überstehen.

Nach zwei Wochen ist R. wieder da.
Er habe schon immer meine Seele geliebt, die Frau *hinter*
der Fassade, sagte er mir viel später.
Noch war die zu erkennen, wenn sie auch schon immer
blasser wurde.

Tagebuchauszug
„Montag. Ich fühle mich auf gruselige Weise an meine
Ehe erinnert. Nichts hat sich geändert.
Heute Abend gehen wir wieder zum Tanzkurs. Vielleicht
ist das die Lösung ...
Auf jeden Fall muß ich einfach irgendwas arbeiten, sonst
werde ich verrückt! Leider bringe ich wenig Geduld auf,
die Dinge einfach auf mich zukommen zu lassen. Nun
biete ich mich als auf Teufel komm 'raus an, versuche,
mir einzureden, daß das Charakterstärke ist, und würde
am liebsten auf und davon rennen."
„Freitag. Tanzen war nicht. Dafür frustig, besoffen,
aggressiv und schlaflos. Als ich wieder laufen konnte,
habe ich den Obermietern ein Blümchen gebracht und
eine Entschuldigung. Es war ein schrecklicher Entzug.
Ich dachte, ich überlebe es nicht.
Trotzdem waren wir noch bei R.'s Mutter zum
Geburtstag. Unter den Kleidern konnte sie zum Glück
unsere Kratzer und Wunden nicht sehen. Haben sie sonst
etwas gemerkt?
Die Freundin hat mich gerettet und gepflegt. So lieb hatte
ich sie vorher noch nie erlebt."

Die Freundin war eine Leidensgefährtin aus meiner
Psycho-Gesprächsgruppe.
Mein Hilferuf am Telefon – sie ist gekommen.
Gemeinsam mit meiner achtjährigen Tochter wurde sie

bei mir Krankenschwester.

Fand Worte für die verstörte Kleine, die nichts anderes wußte, als zum Trost ihre Plüschtiere auf meinen geschundenen Bauch zu legen. Sie wechselten meine verschwitzten Schlafanzüge, erneuerten das Wasser im Eimer neben meinem Bett, kochten literweise Kamillentee. *„Es ist eine Krankheit, die nur die guten Menschen trifft"*, beschwichtigte die Freundin meine Tochter. Die sollte nicht die Achtung vor mir verlieren. Vor dem zitternden, bleichen, klebrigen Stück Menschenfleisch dort auf dem zerwühlten Lager.

Ich war so dankbar für diese einfachen Worte.

Die Kinder.

Sie reagierten so verschieden auf meinen tiefsten Punkt.

Das Mädchen, unsere „Friedensministerin", wie wir sie oft zum Spaß genannt hatten, stürzte sich mitten ins Geschehen. Bei jedem Streit, den sie mitbekam, stand sie zwischen uns. Ergriff die Hände der so hilflosen Erwachsenen, legte sie ineinander. Jetzt war sie zur Stelle, legte kalte Waschlappen auf meine Stirn, blieb da und versuchte, zu helfen.

Einer der allerschönsten Momente später, als ich schon „trocken" war, sollte es für mich sein, als sie, die Kleine, sich zum ersten Mal wieder bei *mir* anlehnte. Ich mußte lange darauf warten.

Mein Sohn war anders. Er litt schweigend und für sich allein. Zog sich in eine Ecke zurück, wurde gleichsam unsichtbar. Anders als seine Schwester, fand er kein Ventil für seine Ohnmacht. Aber auch er hätte alles für mich getan. Einmal habe ich ihn sogar Wodka holen geschickt. Nach den dritten Gang zum Zeitungskiosk stand er betreten vor mir und sagte traurig: *„Ich bekomme die kleinen Flaschen nun nicht mehr, Mama."* Lange konnte ich daran nicht einmal denken, geschweige denn, darüber reden. So sehr zerreißt mich die Erinnerung, die Scham und die Schuldgefühle. Erst heute, ein halbes Dutzend Jahre später, traue ich mich, diesem Tag ins Auge zu blicken. Heute, nachdem ich das alles nicht mehr vergessen *darf,* sonst würde mich das vorläufige *Happy End* meiner Geschichte einlullen und unvorsichtig machen. Ich würde denken: *„War es denn wirklich so schlimm?",* und die Antwort insgeheim schon formulieren: *„Nein, gar so schlimm war es nicht. Guck dich doch an, du hast dein Leben doch im Griff, bist eine willensstarke Frau! Wahrscheinlich bist du wirklich keine Alkoholikerin, sonst hättest du das alles gar nicht geschafft."* Und die einzige Logik dieses inneren Dialogs wäre diese: *„Also, Einen könntest du wirklich wieder mal probieren. Der schadet dir doch bestimmt nichts ..."*

Mein falscher Geliebter schläft nur.
Ich weiß nicht, was genau bei diesem letzten Entzug anders war als bei allen anderen. Was immer es gewesen sein mochte, es spielte sich in meinem Inneren ab.
Ich hatte keine Hoffnung mehr, ich wußte nicht mehr, wie ich leben sollte. Aber *daß* ich leben wollte, das war mir auf einmal merkwürdig klar.
Bitte, laß mich leben, nicht sterben.
Mein erstes Gebet.

*

Zitat des vor kurzem verstorbenen Malers Friedensreich Hundertwasser
„Wer die Vergangenheit nicht ehrt, verliert die Zukunft. Wer seine Wurzeln vernichtet, kann nicht wachsen."

Ich möchte nach Hause.
Das ist der *eine* Satz, der in mir abläuft wie von einer Endlos-Spule. Bitte, ich will nach Hause!

Damit meine ich nicht meine Eltern oder die Mittelgebirgslandschaft, aus der ich stamme.
Auch nicht meine Wohnung in der großen Stadt oder die selbst gewählte Familie.
Ich möchte nach Hause.
Das meint etwas Tiefes, Grundsätzliches, Altes, Vergessenes.
Wo soll ich das suchen?
Wo soll ich das finden?

In meinem Tagebuch steht unter der Überschrift „Der elfte Tag": *„Übrigens fühle ich mich sehr müde und erschöpft. Leider auch kreativ ziemlich blockiert. So, als hätte ich eine lange Krankheit hinter mir.*
Ein bißchen was Wahres ist da ja wohl auch dran."

Jeden Tag gibt es tausend Situationen, in denen es mir schwerfällt, nicht zu trinken.
Beim Kochen bekomme ich riesengroßen Appetit auf ein Glas Wein. Bei der Herbstwanderung der Schule, in die die Kinder gehen, wird von einer Lehrerin Schnaps ausgeschenkt. *„Der liebe Gott allein weiß, wie gern ich ein Vormittagsschlückchen genommen hätte!",* mache ich mir im Tagebuch Luft.

Das *eine* Problem ist, aufzuhören. Jetzt scheint mir: Das viel *größere* Problem ist, nicht wieder anzufangen. Ich versuche, ganz Alltägliches zu leben: Kino, Sauna, Fernsehen, die Familienabläufe. Der Körper erholt sich schneller als die Seele.

Tagebuchauszug

„Diese Sorgen verlassen mich keinen Augenblick. Wie und was soll ich bloß weitermachen?
Ich will so gern arbeiten, aber wo soll ich ansetzen, um etwas Neues zu finden? Zu einer Lösung komme ich nicht. Jeden Abend vor'm Einschlafen bitte ich den ‚lieben Gott‘, er möge mir einen erlösenden Traum schicken. Aber das sind alles fromme Wünsche. Zur Zeit klärt sich für mich nichts. Es muß sich alles erst noch zusammenfügen."

Ich plane eine Londonreise für die bevorstehenden Herbstferien. Nur Mutter und Sohn (zwei Jahre später wird es eine ähnliche Reise geben mit Mutter und Tochter). Vielleicht steckt dahinter der dringende Wunsch, etwas wiedergutzumachen. Wenn ich an meine Kinder denke, schmerzt mich am meisten, was geschehen ist. Nie hatte ich mir etwas anderes gewünscht als ihnen die beste aller Mütter zu sein. Selbst in meinen allerschlimmsten Momenten hatte ich die beiden doch verzweifelt lieb.
Aber „für sie" oder „ihnen zuliebe" konnte ich nicht ein Glas stehenlassen, so sehr ich es mir auch gewünscht hätte. Starker Willen oder Kampf nützt gar nichts gegen den geliebten Feind, den ich *in* mir behalten werde, solange ich lebe.

Noch immer gehe ich zu meiner Psycho-Gesprächsgruppe. Der Therapeut rät mir, bis zur London-Reise erst einmal gar nichts zu tun, mich nicht gleich wieder unter Druck zu setzen. Ein guter Rat. Ich versuche, ihn zu befolgen.

Der dreizehnte Tag.
„Heute morgen bin ich mit rasenden Kopfschmerzen aufgewacht, so, als ob ich getrunken hätte. Habe ich aber

---

nicht. Wunderschöner Herbstspaziergang mit R. Ich sei für ihn das Liebste im Leben, und jetzt könne er es mir wieder sagen. Was fühle ich? Seine Liebe ist ganz neu erwacht, nur ich kann noch nicht. Innere Leere, oft plötzliche Aggressivität. Er soll mir Zeit lassen ...

Blumen kaufen, Wäsche sortieren, Küchenarbeit. Schon jetzt gehe ich mit den Kindern ganz anders um, es ist ein Unterschied wie Tag und Nacht. Kleine Lichtblicke.

Eine Freundin sagte gestern zu mir, ich solle mich doch einfach irgendwo bewerben, beim Fernsehen oder so. Aber ich will nichts übers Knie brechen. Dieses Mal möchte ich die Dinge langsam wachsen lassen. Zeit und Geduld. Oder mache ich da etwas falsch?

Ich kann unmöglich alles richtig machen ...

Quälende Träume vom Trinken. Erleichtertes Aufwachen: Ich bin noch trocken."

Wir fliegen nach England. Mutter und Sohn. Eine Woche, in der wir kilometerweit durch die Straßen Londons laufen, so lange, bis es wirklich ein großer Genuß ist, einfach nur irgendwo zu sitzen. Alles erlaufen wir uns, *Piccadilly Circus, Madame Tussaud's* Wachsfigurenkabinett, das gruselige Foltermuseum *The London Dungeon, Tower Bridge* und den *Buckingham Palast.* Abends liegen wir pünktlich um acht im geräumigen Hotelbett. Ich schlafe genauso tief und lang wie der Elfjährige.

Es ist wie eine Kur. Wie ein allererster kleiner Schritt in eine neue Freiheit.

Ich wünsche mir nichts so sehr wie immer nur das Eine: Bitte, nimm den Zwang zu trinken von mir.

Schon seit ein paar Jahren kenne ich eine Frau in Süddeutschland, die eine ganz ähnliche Trinkergeschichte hat wie ich. Ich habe es in ihrem Buch gelesen, ihr geschrieben. Unser Briefwechsel dauerte genau so lange, bis sie mir von Selbsthilfegruppen erzählte, die sie regelmäßig besucht, durch die sie ein ganz neues, zufrieden „trockenes" Leben lebt. Da breche ich den Kontakt ab.

Kündige ihr die Freundschaft, weil _das_ unvorstellbar für mich ist! Soll ich etwa von dem _einen_ Zwang erlöst werden, nur, um einen _neuen_ Zwang zu erfahren? Gruppen! Und das mir, mit meiner DDR-Neurose. Wieder in der Masse laufen, wieder fremdbestimmt zu werden, vereinnahmt von Leuten, von einem Programm, das ich noch gar nicht überblicken kann. Nein, danke.

Jetzt, nach meinem letzten Absturz, bin ich leiser geworden, demütiger.

Ich rufe sie an, Gunda in Bayern. Ob ich für ein Wochenende zu ihr kommen darf? Ich darf. Sie scheint sich zu freuen, von mir zu hören. Daß ich mich nach so langer Zeit wieder melde, doch noch.

In mir ist ein großer Wunsch nach Heilung erwacht. Ich will nach Hause. Weiß noch immer nicht, wo das sein soll. Folge trotzdem meiner Eingebung. Ohne weiter nachzudenken, fahre ich die acht Stunden mit dem Zug. Keine Sorgen um das eingesetzte Geld, kein Gedanke daran, daß mir hier vielleicht wertvolle Arbeitszeit verlorengeht. Etwas in mir _weiß_ einfach, daß ich die einzig wertvolle „Arbeit" für mich jetzt, genau auf diese Art, tue. Es gibt nichts Wichtigeres für mich im Augenblick.

London war gut, und ich bereue die Ferienwoche nicht. Ich spüre aber, das war noch lange nicht genug. Zu zerbrechlich ist mein Gleichgewicht, zu groß die Gefahr. Ich ahne es mehr, als daß ich es in Worte fassen könnte. Jedenfalls ist es für mich das Natürlichste auf der Welt, jetzt die lange Strecke zu mir selbst zu fahren.

Wir haben uns noch nie gesehen. Ich erkenne sie an ihrer roten Jacke, hat Gunda mir am Telefon erklärt. Da steht eine Frau auf dem Bahnsteig, aber das kann sie nicht sein. Oder doch? Dieses Vollblut-Weib, dem Energie aus jeder Pore zu strömen scheint? Diese Ur-Frau, die so voller Leben ist? Die mich jetzt anstrahlt, rote Jacke, rote Haare, grüne Augen, die mich ohne Federlesen einfach hier an Ort und Stelle umarmt und willkommen heißt?

Wir sitzen noch nicht ganz in ihrem Auto, als wir schon ununterbrochen reden. Schleusen öffnen sich, von denen ich keine Ahnung hatte.

Ich rede, rede, rede.

Antworte auf Fragen, rede wieder. Sie hört zu.

Nachts wieder dieser Totenschlaf nach langer, schwerer Krankheit.

Ich bin eine Genesende.

Wir laufen durch die Straßen der gemütlichen alten Stadt, ein Freund führt uns. Erzählt, weist auf die Sehenswürdigkeiten hin, versucht, mir ein Stückchen der Liebe zu seiner Heimatstadt abzugeben. Auch er ist ein „Trockener". Walter, ein richtiger alter Haudegen. Ich kann ihn mir gut in einem urigen bayerischen Biergarten vorstellen. Aber dort sitzt er schon seit 25 Jahren nicht mehr.

Ich gebe mir Mühe, alles zu verstehen, zu behalten, was er sagt. Aber in meinem Kopf läuft ein völlig anderer Film ab. Wie soll ich nur leben ohne Alkohol? Nichts kann ich mir schwerer vorstellen. Ist eine solche Existenz überhaupt lebenswert? Blutleere Existenz, ohne Freude, ohne Glanz.

Nie wieder, nie wieder, nie wieder.

Dieses „Nie wieder!" hämmert mir das Hirn kaputt.

Währenddessen neige ich ganz brav den Kopf zur Seite – Zeichen meines Interesses.

Beinahe laufe ich in ein Auto.

Es ist sogar ein Problem, ohne Angst eine befahrene Straße zu überqueren.

Tagebuchnotiz im Zug nach Hause

„Das sind die Menschen, zu denen ich gehöre: trockene Alkoholiker. Leute, die so verdammt ‚echt‘ sind, ehrlich und bewußt leben und sich gegenseitig helfen. Es ist auf jeden Fall möglich, auch schon ‚auf halbem Wege‘ aus- zusteigen, das versichert mir Gunda. Und meine innere Stimme sagt mir immer wieder den gleichen Text: daß es so genau richtig ist. Es gibt einfach keine Alternative für mich. Clara, bleib stark!

Die neue Freundschaft, die mir unendlich guttut, ist das Eine. Aber ich habe große Angst, vereinnahmt zu werden. Vor einem neuen ‚In-Der-Masse-Latschen‘, vorm Manipuliert-Werden, davor, meine Individualität zu verlieren. Deshalb hätte ich mit ihrem – Gundas und Walters – Vorschlag, zu AA (Gruppen der Anonymen Alkoholiker) zu gehen, so meine Probleme.

Aber ich habe sicher die falsche Einstellung. Aus lauter ‚Knoten‘ in meinem Schädel kommt die.

Muß ordnen und nachdenken ...“

Damals dachte ich noch, ich sei „auf halbem Wege" aus- gestiegen. Erst mit der Zeit sehe ich das anders. Heute glaube ich, daß ich meinen Weg zu Ende gehen mußte. Das „noch nicht" in meinen Gedanken hätte mich beinahe umgebracht. So weit wie „die" oder „der" bin ich ja noch lange nicht! So viel habe ich nie getrunken, so tief war ich doch nicht gesunken, ich hatte noch kein Delirium ...

Eine sanfte Macht schenkte mir das Vergessen. So konnte ich zuerst einmal weiterleben, einen neuen Anfang wagen, nicht gleich wieder verzweifeln an der ganzen Last meiner Unsäglichkeiten.

Winzig kleine Schritte.

Unendliche Langsamkeit.

Mein persönliches, vorsichtiges, verträgliches Tempo. So kamen die Erinnerungen wieder. Die Wahrheit. So, daß ich sie tragen – ertragen – konnte. Stück für Stück. Auf einmal hatte ich alle Zeit der Welt dafür. Ich mußte mich nicht hetzen, ich mußte nichts erzwingen; keiner war da, der eine Diagnose und den Therapieplan hatte.

Ich wagte das zögernde Vorwärtsgehen. Das Innehalten, wenn etwas erkannt sein wollte.

Noch kein Delirium?

Als ich sie mir ansehen konnte – und keine einzige Minute früher – erschien da diese Nacht vor mir:

Kein gnädiges Vergessen war mehr möglich. Kein Schlaf, keine dieser Ohnmächte, keine bleierne Schwärze, in die mein „Stoff" mich versinken ließ. Der Wunsch erfüllte sich nicht mehr. Immer, wenn ich die Augen schloß, lief ein Film ab, ein Endlosstreifen. Ägyptische Mumien auf ihrer ziellosen Parade. Fabeltiere und die Mumien zogen an mir vorbei. Redeten in fremden Zungen mit mir. Sprachen uralte Weisheiten aus, die ich nicht verstand. Die ich nicht hören wollte. Ich wollte, daß sie verschwanden. Aber sie blieben da. Hartnäckig zeigten sie sich, sobald ich – Frieden erwartend – meine Augenlider schloß.

Kein Traum, kein Wachsein. Eine Zwischenhölle.

Keine Macht der Welt konnte mich daraus befreien. Ein nächster Schluck war nicht mehr möglich, ich konnte ihn in den wunden Magen nicht mehr hineinzwingen. Und er hätte vielleicht auch nichts geändert.

Ich mußte in meine eigene Vorhölle blicken, ob ich wollte oder nicht. Weder Wachsein noch Schlafen.

Kein Leben und kein Sterben.

Noch haben die Kinder nicht wirklich etwas mitbekommen?

Den Tag, als meine Tochter zur Schule kam, habe ich sehr lange verdrängt:

Morgens spiele ich die überaus fröhliche Mutter einer kleinen ABC-Schützin. *„Ich gehe nur noch schnell eine Zeitung kaufen, zur Erinnerung. Das mache ich immer so an bedeutsamen Tagen."* Schon bin ich aus dem Haus. Der Mann am Kiosk sieht mich seltsam an, als ich den Viertelliter „Jägermeister" kaufe. Ihn in die Tageszeitung einrolle, die ich nicht aufheben werde, zur Erinnerung. Einzig der Kräuterlikör zählt. Im Hausflur, ängstlich in die Nische zwischen Keller- und Hoftür gequetscht, rolle ich ihn aus dem bedruckten Papier. Schraube hastig den Verschluß ab, trinke gierig. Es wirkt phantastisch schnell, ich habe noch nicht gefrühstückt. So beginnt dieser Tag. Schon nach dem Sekt zum Mittag mit den Großeltern der kleinen Schulanfängerin muß ich würgen. Nachdem mein Magen wieder leer ist, greife ich „zur Beruhigung" zu Stärkerem. Schließlich weiß ich genau, wo Oma und Opa ihre Flaschen stehen haben.

Dann die Fahrt an die Ostsee.

Es war ein ganzes Wochenende, wir hatten ein Pensionszimmer, müssen Wirtsleute kennengelernt haben. Ich weiß nichts mehr davon. Nur noch an den großen Kühlschrank auf dem Flur kann ich mich erinnern. Darin stand eine große Flasche Sangria. Wem die gehörte, war mir ganz egal. Als R. meine Jägermeister-Vorräte versteckt hatte, bediente ich mich eben am fremden flüssigen Eigentum.

Auf der Rückfahrt im Auto atmete die ganze Familie auf, als ich nicht mehr zeterte, jammerte, stritt.

Als ich endlich, endlich einschlief.

Noch nicht tablettensüchtig?

Ich wurde ehrlicher, und wußte plötzlich Bescheid: Waren es nicht die Schlaf-, Beruhigungs-, Schmerzmittel, die ich klaute, wo ich konnte, dann waren es die Aufputschpülverchen, -tabletten, -dosen. Koffeinpillen aus der Apotheke, hochdosierte Wach-Mach-Brause aus der Drogerie, später natürlich die Energy-Drinks.

Was ich wollte, war die totale Kontrolle.

Knopfdruck: Schlaf.

Knopfdruck: Munterkeit und Kreativität.

Weiterer Knopfdruck: Entspannung.

Und wieder: *„Hallooooo, Wach!"*

Ein Irrsinns-Kreislauf, hinter dem immer nur das Eine stand: Ich wollte sein wie Gott in meinem Leben.

„Noch nicht" hieß nur: Entweder *war* ich schon längst da und wußte es nur nicht mehr, oder ich *würde* auf jeden Fall noch dorthin kommen, über kurz oder lang.

Ich bin nicht auf halbem Wege ausgestiegen.

Ich bin ihn für mich bis zum Schluß gegangen.

Nun möchte ich überleben.

Einfach leben. Aber wie?

Mir stand die grausamste aller Möglichkeiten bevor: Ich mußte versuchen, bei lebendigem Leibe, bei vollem Bewußtsein, ohne weitere Flucht, mich zurechtzufinden in einer feindlichen Welt. Ja, in einer Welt, die für mich – in meinem Kopf – geprägt war von Feindbildern.

Die trinkende Gesellschaft.

Die kapitalistische Gesellschaft.

Die konkurrenzfähige Gesellschaft.

Und ich – schwächstes Glied.

Nicht trinken dürfendes Glied.

Wie sollte ich bloß leben?

Ich griff nach dem letzten Strohhalm, der mir blieb. Schob meine Angst, meine Befürchtungen, meine Vorbehalte beiseite, ging zum erstenmal in eine Selbsthilfegruppe.

Ich erwartete nichts außer einem kleinen Halt vielleicht. Strohhalm-Halt. Über Wasser bleiben. Erstmal nur überleben.
Weiter nichts. Wunschlos.

Was mich fand, war nicht zu glauben: echte Menschen, maskenfrei! Offensichtlich kamen sie aus allen Berufen, aus allen Schichten, aus allen Teilen der Stadt.
Und es spielte keine Rolle: Wessis und Ossis, Frauen und Männer, Arme und Reiche.
Von den Kriegsschauplätzen ihrer ganz persönlichen Niederlagen zusammengekommen auf dem kleinsten gemeinsamen Nenner: nicht wieder trinken müssen. Ohne verbissen zu werden, ohne Zorn. Ohne missionarischen Eifer, ohne den Stoff zu dämonisieren, ohne sich in andere Leben einzumischen. Bei mir selber bleiben.
Nicht länger Gott spielen wollen.
Ein Leben finden auf der Suche nach *dem*, was Geld nicht kaufen kann: nach innerem Frieden.
Allergisch gegen Alkohol, allergisch gegen Ratschläge, allergisch gegen Bescheidwisser aller Art.
Nicht einer ein „Gruppenmensch".
Keine Vereinsmeierei, keine Oberhäuptlinge und Untergebenen. Die einzig funktionierende Anarchie auf der Welt. Seit mehr als 65 Jahren.
Ich fand mich in einer Art „Parallelwelt" wieder. Das sollte es schon die ganze Zeit über gegeben haben? Und ich hatte keine Ahnung?
„Keine Ahnung" stimmt nicht ganz. Ich wußte schon ein bißchen was. Aber das Wenige erzeugte Vorurteile in

mir: „*Wenn du erstmal soweit bist, dann Gute Nacht!
Dann bist du wirklich ganz unten, bei den letzten
Rinnsteinsäufern angelangt.*"
Es war der Alkohol, der mich von meinem hohen Roß
heruntergeholt hat. Ich muß meinem gefährlichen Geliebten
dankbar sein, denn ohne ihn hätte ich nie in diese
parallele Welt – und dann zu mir gefunden. Als ich
glaubte, alles Lebenswerte zu verlieren, begann ich es in
Wirklichkeit zu finden: heilsame, einfache Mitmensch-
lichkeit, auf die ich mich von nun an verlassen konnte.
Meine Lebensversicherung.

Die Grundlage für meinen eigenen Weg.

*

Heinz-Rudolf Kunze, Sänger
„*Eigene Wege sind schwer zu beschreiben,
sie entstehen ja erst beim Gehen ...*"

Noch einmal neu geboren werden.
Noch einmal ganz von vorn anfangen.
Selbst die Verantwortung tragen lernen.
Keine Schuld verteilen.
Fehler machen dürfen – sie mir erlauben.

Am Anfang war fast alles ein Problem.
Wie sollte ich eine Familien-Mahlzeit kochen ohne Rot-
wein-Literflasche neben mir? Einen Schuß *Cabernet* an
die Soße, drei an die Köchin. „*Wasser trinken*", kam der
einfache Rat. „*Wenn nötig, dann eimerweise.*"
So sind meine ersten Mittagessen entstanden.
Manchmal löste sich die Anspannung in albernen Scher-
zen, unkontrollierter Blödelei.

Dann kam sofort die Quittung: forschende Blicke.
Die Frage meiner Tochter wie ein Peitschenknall:
„Warum kicherst du so, bist du betrunken?"
Vertrauen stellt sich nicht über Nacht wieder ein.
Ich höre, es sei heilsam, eine Inventur des eigenen Lebens
zu machen. Ich bin Feuer und Flamme.

Zwölf Seiten an meinem Geburtstag. Seit vier Monaten
habe ich nicht mehr getrunken:
„Mein lieber Walter,
seit vielen Jahren erlebe ich dieses Fest zum ersten Mal
bei lebendigen Sinnen. In meinem Tagebuch habe ich
gerade noch einmal gelesen, wie zum Beispiel mein
Geburtstag vor einem Jahr verlaufen ist:
R. wollte gerade von mir wegziehen, die Kinder waren
total verstört und haben in der Schule geweint (was mir
die Lehrer hinterher erzählten. Für mich nur ein weiterer
Grund zum Trinken. Keiner versteht mich, alle sind un-
gerecht zu mir, jede in meiner Lage würde sich dem Suff
ergeben ...)
Die Nächte voller übler Streits, ich schlug Glasscheiben
ein und habe die Narben an meinen Händen zur Warnung
behalten.
Das Tagebuch zeigt: Ich habe ganz genau gewußt, wie
alles in meinem Leben den Bach 'runtergeht.
Ich konnte fühlen, wie ich kaputtgehe. Und mußte trotz-
dem noch einen Winter, einen Frühling, einen Sommer
weitertrinken, bis es mir endlich so schrecklich ging, daß
ich aufhören konnte. Obwohl ich sicherlich noch ein
Stück Weg vor mir hätte bis zum endgültigen ‚AUS'. Für
mich war der Tiefpunkt tief genug. Ich hoffe es wenigs-
tens. Es konnte nur noch abwärts gehen. Ich sah schon
keine klaren Bilder mehr und war ein Schatten meiner
selbst. Das möchte ich nie, nie wieder vergessen. Oder in
der Erinnerung verharmlosen. Niemals.

Ich wurde immer furchtbar aggressiv, wenn ich betrunken war. Viele sagen, sie könnten sich das bei mir gar nicht vorstellen. Es war aber so. Schreien, um mich schlagen, etwas kaputtmachen (einmal sogar unsere hölzerne Balkonbrüstung) – so ein verrücktes Wesen wurde aus mir. Und bei all dem wähnte ich mich noch total im Recht! Hatte mir nicht die Welt (immer ist es ‚die Welt', kleiner machte ich es nun mal nicht) so wehgetan? Mich immer wieder verletzt, zerstört, übersehen, nicht genug geachtet? Und selbstverständlich meine ‚bösen Eltern'! Die mich geknechtet, falsch erzogen, im Keim erstickt hatten. Ach, in meinem Selbstmitleid machte ich vor nichts und niemandem Halt.

Dabei: Wenn ich mir heute Fotos ansehe von mir als Kind, da sehe ich ein strahlendes, sehr selbständiges kleines Mädchen, das von Herzen geliebt wurde und in Haus, Garten, Keller, auf dem Dachboden Abenteuerspielplätze hatte, die es frei gestalten und erfinden durfte. Auch meine Eltern hatten das Beste im Sinn, wollten alles besser machen als ihre Eltern.

Bei allen Ungeschicklichkeiten, mit denen ich so hart ins Gericht ging, übermäßiger Strenge und auch Ohrfeigen: Die Grundlage war Liebe. Ich bin in einer sehr emotionalen Atmosphäre aufgewachsen, in dem sicheren Gefühl, geliebt zu werden. Später fiel es mir unendlich schwer, diesen Kokon zu verlassen. Trotz aller elterlichen Wut, die auf mich manchmal niederprasselte und gegen die ich mich nicht wehren konnte (Leider! Ich lernte es auch nicht, war neidisch auf meine Schwester, die wenigstens einmal zurückgeschlagen hat. Ich ging statt dessen süchtige Wege, lenkte die Aggressionen nach innen und später auch gegen ‚meine' Männer): Ich fühlte mich geborgen.

Ich startete mit guten Voraussetzungen ins Leben. Der liebe Gott schien etwas Besonderes mit mir vorzuhaben. Wäre da nicht dieser fatale Drang in mir gewesen, diese

Besessenheit, alles Schöne in mir und meiner jeweiligen Lebensphase kaputtzumachen.

Mit Wahnsinnsanstrengung aufbauen und wieder zerstören. So kommt es mir heute vor. Der Bruch war meine Bekanntschaft mit dem Alkohol. Seit dem fünfzehnten Lebensjahr war die Droge mein ständiger Begleiter. Ein Streit mit den Eltern: Nur ein tiefer Schluck aus der versteckten Flasche, und mir wurde warm, ich mußte nicht um Harmonie betteln, sondern konnte das ‚Gewitter' stur durchhalten. Das wäre mir ohne den Alkohol nie gelungen! Am Anfang bescherte er mir dieses einmalige Gefühl: frei sein, unbeschwert, mutig, unverletzlich, irgendwie anarchistisch. Die anderen mochten sich mit den niederen Qualen des Lebens herumschlagen – ich hatte einen anderen Weg vor mir. Hatten nicht alle großen Künstler gesoffen?

Und bis zuletzt konnte ich immer alles gut erklären: Warum ich trinken mußte, warum es nicht so gefährlich ist wie bei anderen, daß bei mir alles „anders" ist. Warum ich trank, warum ich nicht mehr trank, warum dann doch wieder ...

Kein Wunder, daß es jetzt so schwer ist, das Vertrauen wiederherzustellen. Und dabei trotzdem nicht ‚für die anderen trocken sein'. Nicht für meine Kinder, denen ich verzweifelt gern die beste Mutter auf der ganzen Welt sein will. Und nicht für R., damit er bei mir bleibt. Mit ihnen ‚trocken' neu und vertraut leben lernen, aber das erste Glas nur für mich selbst stehenlassen.

Ich muß es mir wert sein ..."

Schreiben um mein Leben.

In die Gruppen gehen, um mein Leben laufen.

Ich fing wieder als Reporterin an, und nun war ich dankbar dafür, daß sie mir wieder kleinere Beiträge zutrauten.

Ich fragte nicht nach Geld oder Aufstiegsmöglichkeiten, am Anfang ist es mir wirklich gelungen, einfach nur in winzigen Schritten vorwärts zu gehen. Der Schock saß noch tief. Ich freute mich über jeden kleinen Erfolg, über jede gelungene Arbeit oder jedes liebevolle Gespräch.

Am Anfang war ich mit wenig zufrieden.
Eines Tages soll ich über das Wohnprojekt einer Obdachlosenzeitung berichten. Ein Anruf, ein Treffen wird vereinbart. Ich fahre ans andere Ende der Stadt, es wird schon dämmerig, ich steige in der einsamen Gegend aus. Jetzt muß ich noch ein Stückchen laufen, vielleicht zehn Minuten, eine Viertelstunde. Ich gehe los, immer an der Häuserzeile entlang. Vor mir läuft ein junger Mann mit Hund. Tätowiert, in abgeschabter Lederhose, den Oberkörper wie erschöpft vornübergebeugt. Er ist vielleicht so alt wie ich, schlurft aber vor sich hin wie ein Greis. In jeder Hand trägt er eine Zweiterflasche Rotwein. *„Wenn er das ist"*, durchzuckt es mich. *„Er, mit dem ich zum Interview verabredet bin!"* Ich habe unbeschreibliche Angst. Am liebsten würde ich umkehren und nach Hause fahren. Wenn er das ist – und wenn er den Fusel für uns gekauft hat. Ich weiß genau: Heute könnte ich ihm nicht widerstehen. Ich fühle mich schwach, zu schwach zum Nein-Sagen.
Zitternd gehe ich weiter. Mein Vordermann biegt irgendwann in eine Einfahrt ein. Ich lese die Hausnummer, und mein Herz sackt fahrstuhlartig nach unten. Erleichterung. Das ist nicht meine Adresse. Ich muß noch weiter. Auf unsicheren Beinen erreiche ich das Büro der Redaktion. Das Brüderpaar, das die Zeitung aufgebaut hat, ist von umwerfender Offenheit: *„Wir sind Alkoholiker und vier Jahre trocken."*
Meine Schutzengelbrigade hat mal wieder ganze Arbeit geleistet.

Alles ist anders, als ich es mir ausgemalt hatte. Die beiden sehen keineswegs „abgerissen", sondern zum Verlieben attraktiv aus. Das Interview, in dem doch eigentlich ich, die Journalistin, das Kommando haben sollte, gerät mir zur Beichte. Sie sitzen vor mir, hören einfach zu. Da spüre ich ihn wieder, diesen unerklärlichen, magischen Draht zu Leidensgefährten. Und ich spüre auch, welcher Berg an Qualen in mir noch abzutragen, herauszureden sein wird. Wer soll das aushalten!

Am selben Abend, nachdem ich meine Arbeit dann doch noch getan habe, beschließen wir: Von nun an werde ich bei diesem Projekt, an der Obdachlosenzeitung mitarbeiten. Ich schwebe zur U-Bahn. Ich bin so glücklich!
Zum ersten Mal in meinem Leben werde ich eine wirklich nützliche Tätigkeit anfangen: Den Allerschwächsten helfen, mir selber helfen.
Nun bekommt mein Leben doch noch einen Sinn.
Ich schreibe von nun an für jede Nummer der Zeitung. Ich staune, was da völlig ungeplant, zufällig auf mich zugekommen war. Wieder ein kleiner Schritt in meinem neuen Leben.
Zaghaftes Mich-Geborgenfühlen.

*

Oscar Wilde, „De profundis"
„Praktischere Naturen, für die das Leben eine schlaue Spekulation ist, die von der sorgfältigen Berechnung aller Mittel und Wege abhängt, wissen immer, wohin sie gehen, und dahin gehen sie auch.
Sie gehen aus von dem Wunsch, Kirchendiener zu werden, und einerlei, mit welchen Lebenssphären sie in Berührung kommen, sie werden wirklich Kirchendiener

und sonst nichts. Wer danach trachtet, etwas zu werden, was nichts mit seiner Persönlichkeit zu tun hat, (...) wird unweigerlich dieses Ziel erreichen. Das ist seine Strafe.

Ganz anders verhält es sich mit den dynamischen Lebenskräften und mit den Menschen, in denen diese dynamischen Kräfte lebendig sind: Wer einzig nach Selbstverwirklichung strebt, weiß nie, wohin er geht. Er kann es nicht wissen."

Jetzt läßt sich kein Unbehagen mehr verdrängen. Von nun an werden die (Über-) Lebensfragen klar, stark und unüberhörbar.

Bin ich überhaupt eine Journalistin?

Das Schnelle, Aktuelle, Streßbeladene zehrt zunehmend an mir.

Ein Anruf, karge Informationen. Ich setze mich ins Auto, fahre über Land. Ankommen. Blitzschnell auf ein Thema einstellen, auf fremde Dörfer, Städte und Menschen, bei denen ich mich nicht auskenne. Die richtigen Fragen stellen, wieder losfahren. Der Verkehr, die allgegenwärtigen Staus. Bei alledem schon den Text im Kopf formulieren. Manchmal ein erster Bericht gleich, sofort übers Telefon.

Schnell, schneller, am schnellsten. Ins Studio kommen, das Tonband schneiden. Schneiden, texten, sprechen, mischen. Ein-Frau-Unternehmen. Früher hinterher den Kopf einfach abgeschaltet. Heute mit den flatternden Nerven leben lernen, der Migräne, die nicht aufhören will, zu hämmern.

Und zu Hause die Kinder, für die ich auch wieder eine gute Mutter sein will. Die Kleinigkeiten, der Alltag, in dem aber auch die Liebe nicht untergehen soll. Wünsche ich für mich zu viel?

Morgens um halb acht klingelt das Telefon. *„Weißt du schon, du fährst heute nach S."*, scherzt eine Kollegin. Mir wird schon übel, wenn ich nur das Schellen höre. Da ist wieder dieser Drang, mich einfach zu verstecken, abzutauchen, unsichtbar zu werden. Aber das will ich ja nicht mehr. Also auf in diesen Tag.

Noch nicht ganz wach und schon im Dienst. Das geht doch vielen Leuten so, warum tut es mir so weh?

Ich packe meine Technik zusammen, gebe den Kindern noch Anweisungen für den Tag, bitte R. um Hilfe beim Einkaufen. Dann fahre ich los. Anschnallen, Frühstücksbrot auswickeln. Den richtigen Sender im Radio suchen, Temperatur regeln, Lenken mit einer Hand. Immer mal ein Blick auf die Karte. Wie bewältige ich die zweihundert vor mir liegenden Kilometer am besten?

Tausendmal ist es so gutgegangen. Heute nicht.

Gerade ärgere ich mich noch über die Bemerkung eines Kollegen, der aus dem Autoradio zu mir spricht. Da kracht es schon, und ich komme unsanft zum Stehen. Mein Vordermann hat eine Notbremsung gemacht, ich war zu beschäftigt, um sie zu sehen. Wütend steigen wir aus, gehen aufeinander zu wie Kampfhähne. Meine Tränen kullern, als ich die Reste meiner Motorhaube erblicke. Bei ihm – teurer, stabiler Wagen – ist so gut wie gar nichts zerstört worden. Mein Winzling dagegen darf sich von nun an „Totalschaden" nennen.

Mit viel Mühe, Nervenstreß und auf Umwegen erledige ich meine Arbeit an diesem Tag schließlich doch noch. Mietwagen, Telefon, Umorganisieren. Ich bin kein Mensch mehr, als ich abends müde und doch schlaflos in mein Bett falle. Werde ich mich daran noch gewöhnen? Ist es der direkte Weg zurück zur Flasche? Was mache ich nur, ich will doch meinen Lebensunterhalt selbst verdienen. Nicht abhängig sein, jetzt schon gar nicht mehr. Also – durchhalten?

Die Obdachlosenzeitung wäre vielleicht eine Alternative. Aber ich kann von den mageren Honoraren dort nicht leben. Beinahe habe ich ein schlechtes Gewissen, von diesen Leuten *überhaupt* Geld zu verlangen.

Ich fange an, längere Sendeformen für mich zu entdecken. Radio-Stunden, für die ich mehr Zeit, mehr Ruhe und mehr Freiheit habe. Vielleicht ist das ein Weg, aus der für mich unerträglichen Mühle des aktuellen Journalismus herauszukommen. Was andere Kollegen schon als Volontäre über sich herausgefunden haben, muß ich jetzt nachholen. Nach-Reifung. Eine Art verspätete Pubertät.

Das Zwiegespräch mit den Kindern wenigstens erleichtert mein neugeborener Zustand. Sie scheinen die Welt ähnlich zu sehen wie ich. Ähnlich neu, ähnlich unbegreiflich, ähnlich ratlos. Immer auf der Suche nach dem eigenen Platz. Sie machen es mir nicht schwer. Ihnen genügt, was sie sehen: eine ansprechbare Mutter mit offenem Blick, die wirklich *da* ist, wenn sie zu Hause ist. Etwas Zartes, Liebevolles beginnt.

Mit R. ist es schwieriger. Seit er mich so frisch erwacht sieht, überhäuft er mich mit neuer Liebe. Diesen Ansturm von Gefühl halte ich kaum aus. Ich lege ihm einen Zettel aufs Kopfkissen: *„Immer bist du früher da als ich. Laß mir bitte Zeit ..."* Wieviel Zeit, weiß ich nicht. Wahrscheinlich lange. Zwischen uns sind noch die Gespenster lebendig. Besonders abends und nachts kommen sie hervor.
Mein Schock, als ich auch ohne Alkohol noch Wutausbrüche habe. Hatte ich doch geglaubt, sowas erledigt sich ganz von allein. Früher – in den kurzen „trockenen" Phasen aus eigener Kraft – hatte ich das auch erlebt. Und

damals war meine einzige Logik die: *„Na bitte! Es wird niemals besser mit dir. Ob du nun trinkst oder nicht, das Ergebnis ist dasselbe."* Also: Prost!
Heute wollte ich andere Wege finden, ein anderer Mensch werden. Aber wie?

Ich ging regelmäßig zu den Gruppentreffen, manchmal sogar an jedem Tag der Woche. Hinterher ging es mir immer besser. Mein Kopf war wieder klarer. Die Ängste kleiner. Ich wußte dann wieder, worauf es ankommt.
Und ich traf Menschen, die mir vorlebten, wie sie es machten. Allerdings auch Menschen, die mir zeigten, wie es nicht ging.

<u>Marianne</u>
Die Tür öffnet sich, und sie kommt zögernd herein. Ein Kind? Nein, eine Frau. Ihre strohblonden Haare waren vor langer Zeit einmal eine Dauerwelle. Jetzt stehen sie nach allen Richtungen von der zarten durchsichtigen Kopfhaut ab, als wollten sie die Flucht ergreifen. Es könnte lustig aussehen, würden die Augen darunter sie nicht Lügen strafen. Sie schauen ohne Glanz. Als hätten sie schon vor langer Zeit das Schlimmste gesehen, was ein Mensch nur erblicken kann. Jetzt sind sie müde, ausgelöscht von innerem und äußerem Elend. Die Kindfrau setzt sich, als würde sie zerbrechen.
Ihre mageren Glieder würden klappern, meint man, wären da nicht die faltige Jeans und der viel zu große Pullover, die sie notdürftig zusammenhalten. Trotz all dieser Ungepolstertheit sind ihre Wangen aufgedunsen, fahl, geschwollen. Marianne spricht von sich. Sie würde so verzweifelt gern aufhören, aber das schafft sie einfach nicht. Zuviel Streß in ihrem Leben. Die Kinder, der Mann, die bettlägerige Großmutter. Für alle muß sie ganz allein sorgen, und das tut sie ja auch gern. Sie kann jeden-

falls nicht so hartherzig sein und egoistisch an sich selbst denken. Aber sie wäre so gern nüchtern. Nur, sie schafft es nicht.

Kaum sitzt der Mann abends mit Flaschen vorm Fernseher, hält sie mit.

Hat sie die Oma gewindelt und sich unendlich geekelt, spült sie es herunter. Wollen die Kinder nicht schlafen, hören sie nicht auf zu weinen, wo sie, ihre Mutter, doch endlich auch mal zur Ruhe kommen will – mit einem Schluck gelingt ihr das. Wie oft hat sie mir gegenüber gesessen und geweint, geredet, durch ihre ‚Fahne' hindurch um ihr Leben reden wollen. Wie oft hat sie von den Freunden gehört: „Denk erst einmal an dich. Die anderen sind alle noch da, wenn du dich schon längst umgebracht hast, und wer wird ihnen dann helfen? Zuerst du, und dann kannst du auch wieder den anderen etwas Wertvolles, eine große Hilfe sein."

Sie hört zu, sie nickt, sie kommt immer wieder und stürzt immer wieder ab. Niemand kann ihr helfen, wenn sie nicht selbst den ersten Schritt tut.

Dann bleibt sie fort. Ihr Bild ist so lebendig, ich sehe sie heute noch dort sitzen, mir gegenüber. Als schaute ich in einen grausamen Spiegel.

Einige Zeit später höre ich, sie ist gestorben. Einfach so. Ihre letzte Flasche hatte ihr keine Wahl mehr gelassen. Sie lag allein in einem Krankenhausbett, ihre Leber ist geplatzt.

Ich weiß nicht mal, wie alt sie war.

Der Mann wurde kurz danach auf die Entgiftungsstation gebracht. Er wütete und schimpfte auf die Gruppe, die seiner Marianne ja doch nicht hatte helfen können.

Was aus ihm wurde, weiß ich nicht.

Nur das nicht.

Ich wünsche mir, einen Lebensstil zu finden, der es mir

möglich macht, zu überleben. Mit ganz wenig bin ich ehrlich zufrieden. Allmählich genieße ich die Kleinigkeiten: das bißchen Geld, das ich verdiene, die neuen Freunde, die Familie, unsere Wohnung, die ich wieder bewußt mit einrichte.

Was für ein Triumph, als ich zum ersten Mal eigenhändig die Blumenkästen bepflanze! Dafür hatte ich früher keinen Blick. Es gibt Momente, da erscheint mir jedes freundliche Gespräch mit einer Nachbarin wie ein Wunder. Ich lebe wie eine genesende Herzkranke.

Nur Ruhe. Briefe schreiben, Tagebuch.

Und irgendwann – bitte, bitte – von der aufreibenden Arbeit wegkommen.

Es ist kein Wunder, daß ich mich so unendlich schwertue, meinen neuen Weg zu finden. Hatte ich jemals danach gesucht? Mich jemals nach mir gerichtet statt immer wieder zu versuchen, etwas zu beweisen, es anderen rechtzumachen, herauszufinden, was von mir erwartet wird. Ich komme aus dreifacher Gefangenschaft: Bevormundung durch vermeintlich stärkere Menschen, eine vermeintlich festgefügte Gesellschaftsordnung und die verführerischen Zwänge meiner Sucht.

Jetzt soll ich plötzlich fliegen können. Für mich selbst entscheiden können. Das schaffe ich so schnell nicht. Zuerst muß ich die Gitter alle noch einmal spüren. Diesmal ohne Flucht. Bei vollem Bewußtsein.

Einmal spreche ich mit einer vertrauten Kollegin darüber. Ich sage ihr, daß ich mich selber nicht verheizen will. Ihre Antwort trifft mich wie ein Pfeil, mitten in meine schlimmsten Ängste hinein. Sie sagt: *„Du mußt nur aufpassen, daß du rechtzeitig die Kurve kriegst. Sonst will dich vielleicht eines Tages niemand mehr, nicht einmal zum Verheizen."* Da ist es, dieses „Am-Ball-bleibenmüssen", „Festhalten-müssen" und „Niemals-loslassendürfen". Ist das Leben wirklich so? Immer weiterhetzen, angetrieben von der Angst, *„Wenn ich das nicht tue, was von mir verlangt wird, dann könnte mich niemand mehr wollen!"*? Ein Teil von mir bemüht sich, dieser Furcht zu gehorchen. Will immer noch den Anderen alles rechtmachen, etwas beweisen. Ein anderer Teil sucht schon zaghaft den Ausweg. Will einfach nicht glauben, daß es so weitergehen muß. Eine neue, bisher unbekannte Frau scheint in mir zu erwachen.

Ich bin zwei Jahre trocken, da ereilt mich ein doppelter Adrenalinstoß: Ich bekomme einen Preis und ein Angebot vom Fernsehen!

Tagebuchauszug

„Das Telefon klingelt, ein Herr vom Fernsehen in Waldstadt ist dran. Ob ich schon nächste Woche einmal kommen will und zur Probe eine Sendung als Co-Moderatorin mitmachen möchte? Eine einflußreiche Frau hat mich ohne mein Wissen wärmstens empfohlen, wir sind uns bei anderer Gelegenheit begegnet, und ich habe ihr irgendwie gefallen. Sie engagieren mich vom Fleck weg, ohne mich gesehen zu haben? Ist das nicht der brüllende Wahnsinn?!!

Ich habe eine Stunde Bedenkzeit bekommen. Habe R. angerufen und Walter und eine Kollegin, dann habe ich ‚JA' gesagt und nun Ameisen im Bauch."

Tausend Fragen schwirren durch meinen Kopf. Während der historisch kurzen, aber für mich schon enorm langen „trockenen" Zeit hat sich bereits soviel zum Guten verändert in meinem Leben wie in den ganzen zehn Jahren davor nicht mehr. Es ist einfach schön, was ich da wachen Auges wachsen sehe. Neues Vertrauen, Mut, jeden Tag ein kleines Stückchen mehr Selbstsicherheit und Lebenslust. Da erscheint mir diese Chance nur allzu

logisch. Vielleicht geht es ja jetzt doch noch „aufwärts"
mit mir. Vielleicht soll ja nun noch etwas „Großes" und
Bedeutsames aus mir werden.

Daß dieses Angebot etwas seltsam daherkommt – so aus
völlig heiterem Himmel – das wundert mich schon.
Aber andererseits: Ich habe schon merkwürdigere Fügun-
gen erlebt in der Umbruchzeit im verträumten Land.
Außerdem: Ich habe soviel verpaßt während der alkoholischen Jahre, da muß ich jetzt schon ungewöhnliche Gelegenheiten beim Schopfe packen, finde ich.
Also mache ich mich bereit zu meiner Reise nach Waldstadt, bin aufgeregt, aber guter Dinge im Zug dorthin. Der
Fernseh-Mensch am Telefon hat schließlich gesagt, ich
solle keine Sorge haben, sie sind dort eine lockere, kleine,
freundliche Redaktion und würden mir schon helfen. Ich
freue mich auf den Versuch, fühle mich abenteuerlustig.

Am Bahnsteig bin ich ganz allein, niemand holt mich ab.
Ich nehme eine Taxi zum Funkhaus, frage mich durch.
Mit dem Koffer in der Hand klopfe ich an der richtigen
Tür an, eine verschlossen blickende Sekretärin weist mir
einen Sitzplatz zu. Während ich da eingeklemmt
zwischen Schreibtisch und Ausgang hocke, betritt ein
junger Mann den Raum. Will zum Chef vordringen,
pocht leise an dessen Allerheiligstes.
Ich muß mit anhören, wie der Häuptling den Untergebenen abkanzelt, anherrscht, laut wird dabei. Wie ein
begossener Pudel schleicht der Nachwuchs-Fernseh-
reporter davon. Was war das für eine Szene? Wo bin ich
hier hineingeraten? Zum ersten Mal steigt ein unan-
genehmes Gefühl in meinem Bauch auf, auf das ich nicht
hören will. Jetzt darf ich eintreten. Dieser Mann könnte
ein Einsiedler sein in einer Laubhütte im Wald. Oder ein
Weiser auf einem Berg. Oder ein friedlicher Mönch, mit

seinem Rauschebart und seinen weißen Locken. Aber das Leben hat ihn hinaufkatapultiert, und die Mühen der Karriereleiter haben seine wissenden Augen stumpf gemacht. Er erinnert sich wohl noch, aber er kann nicht mehr zurück.

Der erste Blick des verhinderten Gurus wandert von oben bis unten an meinem Körper entlang, einmal herauf und dann wieder herunter. Ich greife zu meinem altbewährten Verlegenheitskiller: betonte Fröhlichkeit und aufgesetzte große Klappe. Es scheint zu wirken.

Der Häuptling informiert mich. Über das Honorar. Wie ich in die Kamera blicken muß. Daß ich heute noch eine Farb-, Typ- und Stilberatung bekomme. Für eine Frau doch sicher ganz interessant, vermutet er. Und meint, daß sonst weiter eigentlich nichts zu erklären sei. Er werde mich jetzt dem Moderator der Sendung vorstellen.

Doch der läßt mich erstmal warten.

Zwei volle Stunden verbringe ich auf dem Flur mit mindestens fünf Kilo Zeitungspapier.

Dann läßt der Meister bitten.

Ein schöner gutgeföner Mann mit einem italienischen Namen, einem Lispel-Sprachfehler und langjähriger Fernseherfahrung, wie er mir bedeutet. Über den Tisch fliegt sein Manuskript für die Sendung, ich komme darin nicht vor. Ich könne ja die Nacht über wach bleiben und mich irgendwie einarbeiten, meint er.

Er persönlich sehe allerdings keinen Sinn darin, die Sendung zu zweit zu machen, und er verstehe nicht, wie jemand auf die Idee kommen konnte, mich herzuholen. Langsam dämmert mir: Ich bin mitten in einen Streit zwischen zwei großmächtigen TV-Oberhäuptlingen hineingeraten. Den muß ich jetzt ausbaden oder wieder nach Hause fahren, wie der italienische Lispler mir gerade nahelegt. Ich sei doch hier die Einzige mit einer gewissen

Entscheidungsfreiheit. Warum also steige ich nicht einfach wieder in den Zug?

Etwas in mir rutscht ab. Sitzt auf einer glatten Bahn nach unten, und will sich nicht aufhalten lassen.
Mein Herz muß das sein, was mir da sinkt.
Aber da gibt es auch ein Gegengewicht in mir: Eine gewaltige Wut steigt auf, ein trotziges *„Nun gerade!"* So geht ihr nicht mit mir um! Egal, was passiert und wie das hier ausgeht, aber ich bleibe. Komme, was da wolle.
Mit verschleiertem Blick starre ich in das vorbereitete Skript, versuche, zu lesen, zu begreifen.
Ich schlucke und verkünde meinen Entschluß. Der Italiener zuckt die Schultern.
Wir üben noch eine Art Anfangsmoderation mit verteilten Rollen für morgen ein, dann gehe ich – so stolzerhobenen Hauptes ich kann – aus dem Büro. Eine Freundliche ist mir vorhin schon aufgefallen, an sie wende ich mich jetzt. Wo ich einmal ungestört telefonieren könne. Sie weist mir den Weg in ein leeres Zimmer. Kaum habe ich die Tür hinter mir geschlossen, wähle ich auch schon die Nummer eines Gruppenfreundes. Seine Frau geht ans Telefon, und kaum höre ich ihre Stimme, fange ich schon an, hemmungslos zu weinen. *„Es ist alles ganz anders, als ich dachte. Im Grunde wollen die mich hier gar nicht"*, schluchze ich. Sie hört aus meinem Geschniefe das Wesentliche heraus und sagt das einzig Richtige: *„Ich nehme heute Nacht mein Telefon mit ins Bett. Du kannst mich immer anrufen, egal, wie spät es ist. Nur eines darfst du nicht: jetzt abhauen. Du kannst nichts falsch machen, wenn du bei dir selber bleibst. Laß sie deine Tränen nicht sehen und geh da durch. Wir sind bei dir."*

Es wird wirklich eine schlaflose Nacht. Wie gelähmt sitze ich auf dem Hotelbett, unfähig, mich zu entspannen, unfähig, mir etwas Gutes zu tun. Jetzt bloß nicht trinken! Es würde doch nichts helfen. Trotzdem scheint mich die so nahe Minibar buchstäblich aus dem Raum zu drängen. Hier ist kein Platz für uns beide.

Auch das Thema der bevorstehenden Sendung kann ich mir kaum einprägen, es geht einfach nichts in meinen Kopf hinein. Schließlich lerne ich wenigstens die Namen der Diskussionsteilnehmer auswendig und die Begrüßungssätze. Gegen Morgen stelle ich mich unter die Dusche. Würge beim Frühstück an jedem einzelnen Bissen, bin zwei Stunden zu früh am Drehort, einem Einkaufszentrum in Waldstadt. Habe den Satz eines Freundes im Ohr, den ich heute morgen noch angerufen habe: *„Denk dran, du kannst jetzt etwas machen. Früher, als du noch getrunken hast, hätten sie dich vielleicht in eine Ecke gesetzt zum Zugucken. Aber auch nur dann, wenn du nicht störst. Heute kannst du wirklich etwas tun und ausprobieren".*

Ich mache mich „warm", indem ich mit den Leuten spreche. Am Kaffeetresen, am Bäckerstand, in der Maske. Zum ersten Mal werde ich auf „seriös" zurechtgemacht. Dicke Schichten Schminke, Lockenwickler, zurecht gezupfte Tüchlein. Gestern Abend haben wir noch „meine Farben" ausprobiert. Im Spiegel und im grellen Licht habe ich ausgesehen wie mindestens achtzig. Traurig und müde. Jetzt hilft mir das Adrenalin in meinen Adern beim Frischwerden. Als ich fertiggestylt bin, betrete ich strahlend das Podium.

Es soll eine Quasi-Live-Aufzeichnung werden, so daß die Diskussion ungeschnitten am selben Abend gesendet werden kann. Alle, die ankommen, kennen, umarmen sich. Wünschen einander *„toi, toi, toi"* für die bevorstehende Produktion. Keiner begrüßt mich. Auch nicht mein Kompagnon, der Italiener.

Wir setzen uns mit vier Gesprächspartnern in unsere Runde, das Thema ist *„Kaufen die Leute unterschiedlich ein in Ost und West? Und wenn ja, warum?"* – oder so ähnlich.

Als das Zeichen „Achtung!" vom Regisseur gegeben wird, vermute ich, daß mein Herz gleich die Brust nach links durchschlägt. So wild hat es noch nie geklopft.

Ich nehme mir fest vor, die Gratwanderung zu vollbringen: dem Italiener nicht ehrgeizig die Schau zu stehlen, aber auch mich selbst nicht unterbuttern zu lassen.

Die Sendung beginnt, und ich erzähle, frage, fasse zusammen, wie ich es für richtig halte. Die Dreiviertelstunde vergeht wie im Flug. Dann ist es vorbei, keiner verabschiedet sich von mir. Nur der Regisseur spricht mich kurz an: *„Sie kommen wunderbar natürlich 'rüber, ganz sympathisch."* Und die Freundliche fährt mich zum Bahnhof. Fragt mich auf der Fahrt dorthin noch, wie ich überhaupt hierhergeraten bin. Das frage ich mich auch.

Für mich ist damit die Fernseh-Erfahrung beendet. Das habe ich nun also auch einmal gemacht, und jetzt ist es glücklicherweise vorbei. Wir gehen feierlich essen auf den Schreck und R. gratuliert mir zur „bestandenen Prüfung".

Ein paarmal rufe ich noch an in Waldstadt beim TV-Sender, aber es will mir niemand sagen, wie meine Co-Moderation denn nun ausgewertet wurde, und ob überhaupt. Dann lasse ich das Fragen sein.

Ich muß mich auch nicht allzu lange damit aufhalten, denn nun kommt die nächste Aufregung auf mich zu: Meine Radio-Kollegin hat eine meiner Stundensendungen für einen Preis vorgeschlagen. Und tatsächlich, ich bekomme ihn. Am Tag der feierlichen Verleihung im Ministerium bin ich im Siebten Himmel, aber auch innerlich angespannt. Ich weine während der ganzen einstündigen Autofahrt in die Regierungsstadt vor mich hin, es erscheint mir wie ein Zeichen, die Bestätigung, daß ich auf dem richtigen Weg bin, seit ich nicht mehr trinken muß. Andererseits habe ich große Angst davor, so im Mittelpunkt zu stehen. So viele Gelegenheiten zum Anstoßen! Ich fürchte mich vor jeder einzelnen.

Und richtig: Kaum in der Redaktion, holt die Chefin schon den teuren Sherry aus dem geheimen Fach. So eine glückliche Gelegenheit, die muß begossen werden. Ich lehne ab, bitte um Mineralwasser zum Prosten. *„Aber das ist wirklich ein ganz besonders guter spanischer Sherry"*, wundert sich die Chefin und versteht nicht, wie jemand so ein feines Tröpfchen ausschlagen kann.

Die spontane Feier-Runde wird ein bißchen verkrampft. Jeder hält ein Glas in der Hand, rote, schimmernde Flüssigkeit, und nur bei der „Hauptperson" des Tages schimmert nichts, prickeln nur Wasserbläschen schüchtern vor sich hin.

Der Moment geht vorüber. Wir fahren zur Ministerin.

Unterwegs erzähle ich meiner Lieblingskollegin von meinem Handicap. Wenn sie dieses Geheimnis mit mir teilt, fühle ich mich sicherer.

Sie scheint zu erschrecken. Dann erzählt sie mir, in ihrer Familie habe es auch jemanden gegeben, der trank, der seine Sucht nicht überlebt hat.

Die Adjutantin der Ministerin empfängt uns, weist mich in die Zeremonie ein. Ich platze gleich heraus: *„Falls angestoßen werden soll, ich trinke keinen Alkohol!"*

Diesmal verpufft mein vorsorgliches Manöver. Es gibt gar nichts zu trinken, nur beim anschließenden Stehempfang wird Sekt gereicht. Es steht aber auch genug Orangensaft herum. Am Abend bin ich vollkommen erschöpft. Ich freue mich, aber am meisten darüber, daß auch dieser Tag „trocken" überstanden ist.

Die Angst vor einem gedankenlos gegriffenen Glas hat mich die meiste Energie gekostet.

Tagebuchauszug

„Diese Woche komme ich wirklich fast gar nicht zu mir. Ich bin so mit den äußeren Ereignissen beschäftigt und stehe nur unter Adrenalin. Irgendwie muß ich da auch wieder 'runterkommen. Ich bin traurig, daß ich P. (meiner Kollegin) nichts vom sehr Schönen der Nüchternheit erzählen konnte. Daß ich kein bemitleidenswertes Geschöpf bin, das etwas verloren hat im Leben. Wie soll ich ihr sagen, daß ich ja gerade soviel gewonnen habe!!! Ich kann es eben nicht erklären. Loslassen und den Höheren Weltgeist machen lassen. Wieder einmal. Es hilft nichts.

Jedenfalls bin ich dankbar, bitte um Bescheidenheit, keine Höhenflüge.

Aber siehste: Auch schöne Anlässe sind für unsereinen nicht ganz unproblematisch ..."

Ich habe ein paar Fabeln geschrieben, für Kinder und für kindliche Erwachsene. Nun ergibt sich eine Gelegenheit, sie vorzulesen. Zusammen mit einer befreundeten Pianistin probe ich. Sie hat wunderschöne russische Klavierstücke herausgesucht, die zu meinen Geschichten passen und ihre Stimmung weitertragen, die Phantasie unterstützen. Nun dürfen wir unser Programm vorführen.

Zwei Schulklassen, ein kleiner Saal voll Sechs- bis Achtjähriger. Es ist unruhig, trotzdem fangen wir an.

Ich lese immer ein Stück vor, dann kommt ein Musikstück am Klavier. Es hört sich gut an, ulkig.

Die Kinder scheinen gar nicht zuzuhören. Sie toben und albern. Als aber ein Reporter anschließend durch ihre Reihen geht und sie befragt, da zeigt sich: Ihnen ist nicht ein Detail meiner Fabeln entgangen. Sie möchten mehr hören, freuen sich über unseren Versuch, der so ganz anders ist als fernzusehen.

Der Frosch im Schneckenhaus
„Ein Frosch – bei seinem morgendlichen Spaziersprung – fand ein Schneckenhaus.
Nein, daran konnte er nicht so einfach vorbei. Zu kunstvoll sahen die glatten gewundenen Seiten aus, zu schön glänzte es in der Sonne.
Vielleicht kann ich es gebrauchen, grübelte er ...
Wozu kann ein grüner Hüpfer so eine runde Hütte brauchen, fragt ihr?
Der Frosch fragte sich das auch.
Zuerst sprang er vorsichtig einige Male um die hellbraune Hülle herum.
Leer.
Und niemand, der protestierte.
Fröschlein war noch jung und unternehmungslustig. Als sich so gar nichts rührte, weder im Schneckenhaus noch außerhalb, da schlüpfte er kurzerhand hinein.
Drinnen war es glatt und kühl und dunkel.
Anfangs fiel noch etwas Licht in den spiraligen Gang, dann wurde es stockfinster.
Und keine Wendemöglichkeit!
Unser Frosch bekam es mit der Angst. So schnell und elegant er konnte, wackelte er rückwärts wieder hinaus.
Doch ihr kennt den kleinen Kerl schlecht, wenn ihr glaubt, daß er jetzt aufgab!
Sobald er seinen grünen Leib wieder draußen hatte, probierte er es umgekehrt.
Hinterteil voran – und hineingeschlängelt.
Zum Glück war er noch sehr gelenkig.
Nach einer Weile hatte er es geschafft.
Vorn guckte sein breiter Schädel mit den großen Glotz-

augen und die Vorderfüße heraus.
Drinnen machte er sich lang und schmal und paßte sich
dem Schneckengang an, so gut er eben konnte.
Jetzt war er stolz. Hausbesitzer!
Der ganzen Welt würde er es verkünden: ,Ich bin eine
grüne Schnecke!'

Es sprach sich schnell herum. Eine grüne Schnecke? Das
hat die Welt noch nicht gesehen. Die Tiere krochen,
flogen, galoppierten, sprangen und segelten zur
Froschwiese, um das Wunder zu bestaunen. Und allen,
die es wissen wollten, bestätigte unser Wundertier: ,Ich
bin eine grüne Schnecke!'

Der Abend kam. Fröschlein im Haus blieb ganz alleine
auf der Wiese liegen. Er war nicht ganz so müde wie
sonst, hatte er sich doch fast überhaupt nicht mehr bewegt
seit seinem kurzen Morgenspaziergang. Das war sehr
ungewohnt für einen, der normalerweise von früh bis spät
nur unterwegs ist. Hüpft, springt, kopfüber in den Teich
platscht und im Wasser Kunststückchen probiert.
Eine nie gekannte Traurigkeit kam über ihn.
Nicht einmal quaken wollte er, so schwer war ihm das
Herz. Er schloß die Augen, versuchte, einzuschlafen.

Die erste Nacht im eigenen Zuhause, das war doch was!
Aber der Schlaf wollte und wollte nicht kommen.
Gegen Morgen, als es schon hell wurde, war Fröschlein
so erschöpft – und gleichzeitig ganz kribbelig am Leib
und in den Schenkeln.
Jetzt reichte es ihm. „Ich bin zwar eine grüne Schnecke,
aber ich muß unbedingt hier 'raus. Es sieht ja keiner ..."
Sprach's – und quetschte sich aus seiner Enge.
Kaum war er heraus aus der Schneckenbehausung, da
fing sein kleiner Körper schon von ganz alleine an, sich

auszutoben: *Beine strecken, ans Teichufer springen, quakjubelnd hineinplumpsen und im Wasser herumrudern – das war alles eins.*

Soviel Spaß machte dem kleinen Grünen die Bewegung, daß er gar nicht merkte, wie die Zeit verging.

Wie die Sonne schon ganz hoch am Himmel stand. Wie die anderen schaulustigen Tiere allmählich eintrafen, um ein Picknick auf der Froschwiese zu veranstalten. Alle, alle wollten ja die grüne Schnecke sehen!

Wie verwundert waren sie aber, als sie nur das leere Haus vorfanden.

Weit und breit kein grüner Schneckrich!

Dafür aber ein Riesentumult, weiter hinten, am Froschteich. Gerade so, als rührte ein gigantischer Mixer dort das grüne Wasser um.

Eine Tauchweltmeisterschaft? Ein Wasserballturnier?

Alles pilgerte vorsichtig näher – denn man weiß ja nie!

Als die Tiergemeinschaft schließlich das Ufer erreicht hatte, schleppte sich gerade ein erschöpfter, aber glücklich grinsender kleiner Frosch auf's Gras. Naß und strahlend seufzte er: ,Hallo, ihr!'

Einen Augenblick war es still.

Dann erhob sich ein großmächtiges Gebrüll, Gelächter – und ein Spott von allen Seiten: ,Eine schöne ,grüne Schnecke' bist du! Ein tolles Wunder der Natur, wirklich! Sei froh, wenn wir dich ungeschoren lassen, so wie du uns an der Nase herumgeführt hast. Du großmäuliger Schneckenfrosch, du – hahahahaha ...'

Der Frosch – als er sich verschnauft hatte – wurde für ein Momentchen knallrot. Da lag er nun am Teich im Gras und war endlich so schön müde. Und schämte sich ein bißchen, klar. Ihr würdet euch auch schämen an seiner Stelle. Stimmt's?

Aber dann, als das Momentchen vorüber war, griente er auch schon wieder. Sollten sie eben lachen. Na und! Wer ganz er selber ist, der kommt den anderen wohl von Zeit zu Zeit ein bißchen komisch vor."

Es sind Geschichten über mein Thema: kleine Bilder über den Versuch, etwas anderes aus sich machen zu wollen, als man ist. Und den anderen, erneuten Versuch: diese Fehlentwicklung irgendwie wieder rückgängig zu machen, die Schieflage im eigenen Leben zu beenden. Es macht mir großen Spaß, diese Geschichten vor Kindern vorzulesen. Wo es keine Kritik, keine Bewertung, keine Verbesserungsvorschläge gibt.

Mir fällt bei dieser Gelegenheit aber leider auch etwas völlig anderes auf: Ich traue mich nicht, mit offenem Mund aus vollem Herzen zu lachen. Der Grund ist einfach: Ich habe oben links keine Zähne. Auch eine Hinterlassenschaft aus den Jahren, als ich mit meinem Körper Schindluder getrieben habe. Muß ich jetzt etwas dagegen unternehmen?

Bald wird es sich nicht mehr vermeiden lassen, denn die Fernsehleute aus Waldstadt rufen wieder an.

Die Redaktion dort ist inzwischen völlig umgestellt und neu sortiert worden. Ein neuer Chef hat sich das Video mit dem Italiener und mir angesehen, und er will mich! Ich kann's nicht glauben. Jetzt wünsche ich mir nichts so sehr, wie auf dem Teppich zu bleiben. Bloß nicht größenwahnsinnig werden, Clara!

Aber es lauern so viele verschiedene Claras in mir. Die „Ossi", die sich diebisch freut, sich gegen einen „Wessi" durchgesetzt zu haben. Die Frau, die einen Mann im moderierenden Zweikampf „besiegt" hat. Die Genesende, für die sich plötzlich wieder eine ungeahnte Chance auftut. Ich bin ein Mensch und dem Ansturm gewaltiger Gefühle in meiner dünnen Haut kaum gewachsen.

Dennoch ist es für mich keine Frage: Jetzt will ich „ES"
noch einmal wissen. Ich fahre zum Kennenlern-Tag nach
Waldstadt.

Tagebuchauszug

*„Der neue Redaktionschef ist zehn Jahre jünger als ich!
Er holte mich am Bahnhof ab und hat mich gleich umarmt. Was ist das nun wieder? Warum drückt er so drauf-
los? Sympathie? Der typische ,Fernseh-Küßchen-auf-
Nüßchen-Stil'? Ich wünsche mir mehr Abstand, kann ihn
aber nicht durchsetzen. Wir duzen uns sofort. Ich
wundere mich über die Vertraulichkeit. Er ist nämlich
nicht gerade der emotionale Typ. Oder doch? Armee-
Vergangenheit produzierte an ihm eine Schale aus
correctness, Disziplin und Manageroutfit. Ein Mensch,
der unbedingt nach oben will, das sieht man gleich.
Perfekter Auftritt. Seine eher weiche, zarte Stimme läßt
aber einen jungenhaften Kern vermuten. Was soll er
damit in der Konkurrenzgesellschaft des Fernsehbe-
triebes!
Und wie fühle ich mich? Hummeln im Bauch, unruhig,
voller Zweifel. Bin ich hier wirklich im richtigen ,Rudel'
gelandet? Ich fühle mich irgendwie unpassend. Aber vielleicht ist das auch wieder gut für eine Moderatorin. Sie
muß vielleicht gerade anders sein als die Unterstützer, die
Hintergrundleute.
In zwei Wochen ist unsere erste Sendung. Thema: die
Zukunft der Renten. Ich habe eine ,Hausaufgabe'
mitbekommen ... "*

Von Anfang an, beim ersten Redaktionsabendessen,
erkläre ich, daß ich nicht trinke. Ein junger Kollege beugt
sich hoffnungsvoll zu mir herüber: *„Bist du auch Vege-
tarierin – so wie ich?"*
Jetzt werden Äußerlichkeiten enorm wichtig. Die Zahn-

arzttermine, um meine Lücken aufzufüllen. Make-up, Einkleidung, Frisur. Gleich im Auto, auf der Fahrt zum Funkhaus, fällt der Satz: *„Wir müssen irgendwas mit deinen Haaren machen!"* Den Schock schlucke ich sofort herunter. Solche Empfindlichkeiten kann ich mir jetzt nicht mehr leisten. Wenn ich das Eine will, muß ich das Andere hinnehmen. Aber tief in mir schmerzt es. Noch in der Maske ist mir klar: Das verordnete kurze, rotgesträhnte Haar empfinde ich als Körperverletzung. Und kann mich doch nicht wehren.

Wir improvisieren eine Art „Casting". Ich bin die einzige Kandidatin dabei. Ich stehe im Scheinwerferlicht, gehorche den Anweisungen einer körperlosen Stimme. Nach rechts drehen, nach links. Nachrichten lesen, Fragen beantworten. Dann kommt der Chef-Soldat herein. Seine Idee ist, mich mit einem scharfen Kreuzverhör aus der Reserve zu locken. Ich kann das nicht. Er grinst mich an: *„Finden Sie nicht, Frau Felder, daß eine Karrierefrau wie Sie sich den Luxus zweier Kinder gar nicht leisten kann? Und überhaupt: Mehr als ein Kind, das finde ich in der heutigen Zeit geradezu asozial!"*

Mir ist klar, was er jetzt von mir erwartet. Schlagfertig, witzig soll ich sein. Für den Fall, daß ein Gesprächspartner einmal *live* genauso mit mir umgeht. Ich bin keines von beiden, nur sprachlos.

Ich fühle mich wie im falschen Film.

Mein Söhnchen fällt mir ein. Als er fünf war, wurde er einmal im Kindergarten für ein Kino-Casting ausgewählt. Wir fuhren hin. Im Warteraum lauter ehrgeizige Eltern mit ihren Sprößlingen, Verhaltensmaßregeln werden eingeschärft. Ein Kind nach dem anderen wird aufgerufen, getestet. Es geht um eine Familienszene: Mutter, Vater, Kind. Mein Kleiner wird nach der Probe wieder weggeschickt. Er sei zwar sehr niedlich, könne sich aber nicht verstellen. Auf dem Heimweg frage ich ihn, wie es denn so gewesen sei. Er antwortet: *„Ach, ganz gut eigentlich. Aber die tun ja nur so!"*

Jetzt, in diesem Studio, angesichts der schwarzen Augenhöhle der Kamera und des erwartungsvollen Blicks meines neuen Chef-Soldaten, muß ich daran denken: *„Die tun ja nur so!"*
Ich kann mich auch nicht verstellen. Nicht eine Szene ausfüllen, in der *„nur so getan"* wird. Ich tröste mich: Die Sendung, um die es geht, wird ja schließlich „live" sein. Spätestens dann ist alles echt. Wir brechen den Versuch ab, schauen uns die Aufzeichnung an.
Der weiche Junge unter der Fassade der Manager-Uniform beweist mir, ich wirke selbst dann noch sympathisch, wenn ich in die Enge getrieben werde. Na also. Ist es nicht genau das, worauf es vor allem ankommt im Fernsehen? Wirkung, Erscheinung, Farbe und Licht. *„Zu fünfundachtzig Prozent kommt es auf die schönen Bilder an"*, erfahre ich. Das ist neu für mich, die ‚Frau des Wortes'. Ich werde es probieren.

*

aus Hermann Hesse, „Stufen"
„Wir wollen heiter Raum um Raum durchschreiten.
An keinem wie an einer Heimat hängen.
Der Weltgeist will nicht fesseln uns und engen,
er will uns Stuf um Stufe heben, weiten.

Kaum sind wir heimisch einem Lebenskreise
und traulich eingewohnt,
schon droht Erschlaffen.
Nur wer bereit zu Aufbruch ist und Reise,
mag lähmender Gewöhnung sich entraffen.

*Es wird vielleicht auch noch die Todesstunde
Uns neuen Räumen jung entgegensenden.
Des Lebens Ruf an uns wird niemals enden.
Wohlan denn, Herz, nimm Abschied und gesunde."*

Erst einmal bin ich froh, daß ich wieder nach Hause
fahren darf. Mein Kopf schwirrt, ich muß das Neue erst
verarbeiten. R. erweist sich als wunderbarer „coach". Das
ist ein neues Modewort. Es bedeutet, daß ein Partner den
anderen nicht hemmt, sich anklammert, eifersüchtig fest-
hält, sondern daß er ihn – oder sie ihn – ganz im Gegenteil unterstützt, anfeuert, ihm/ihr Rückendeckung gibt,
Mut macht, der eigenen Bestimmung im Leben zu folgen.
R. kann das und tut es auch. Ab jetzt werde ich mindestens drei Tage jeden Monat nicht zu Hause sein.
Meine Familie trägt das mit. Ich bin begeistert. Egal,
welche Erfahrungen in Waldstadt nun auf mich warten,
ich will mich nicht vor ihnen drücken. In Waldstadt gibt
es auch ein Meeting, das habe ich schon in Erfahrung
gebracht. Ich kann also auf jeden Fall dort in „meine"
Gruppe gehen, meine Beiträge für die Lebensversicherung einzahlen. Eine enorme Beruhigung! Denn das ist
mir von vornherein klar: Wie in jedem Beruf wird in
meinem auch heute weiter getrunken. Das ändert sich
nicht, nur, weil ich nicht mehr zur zechenden Bevöl-
kerung gehöre.
Ein Gläschen, um wachzubleiben. Ein Fläschchen, um
lockerzuwerden. Ein Schlückchen gegen das Lampenfieber. Und das werde ich von nun an kennenlernen:
nervenzerfetzendes, schlafraubendes, appetittötendes,
alles beherrschendes Lampenfieber.

Eine Sache liegt mir noch am Herzen. Ich schreibe einen
Brief an die ehemalige Intendantin. An die Frau, die nach
meiner Rede, die nicht meine eigenen Worte enthalten

hatte, auf der großen Wende-Versammlung abgesetzt worden war. Wie ich höre, hat sie seitdem keine Arbeit mehr gefunden.

Ich schreibe:

„Liebe M., soeben habe ich auf Deinen Anrufbeantworter gesprochen. Und ehe die Stimmung nun verfliegt und ich wieder denke ‚Ach, lass doch, ist doch nicht so wichtig ...‘ – setze ich mich lieber jetzt gleich hin und schreibe Dir ein paar Zeilen. Ich finde es nämlich doch wichtig und habe schon einige Male mit dem Gedanken gespielt. Immer, wenn ich irgendwem von meiner DDR-/ Jugendradio-Vergangenheit erzähle oder wenn ich, wie im Augenblick, eine neue Arbeit als Journalistin anfange und höre: ‚Ach, aus dem Stall kommen Sie? Prima, wir haben gehört, das war eine tolle Schule.‘ Mir fällt dann jedesmal ein, wie es ‚damals‘ zu Ende gegangen ist, für Dich – und ein bißchen später auch für mich mit dem Jugendradio. Die Zeit, die seitdem vergangen ist, war bei mir die bitterste und auch die schönste, intensivste in meinem ganzen Leben. Zuerst tiefe Krise – dann langsam, langsam wieder ‚Menschwerdung‘.

Heute arbeite ich ‚frei‘, habe eine Anerkennung dafür bekommen und mache nun erste ‚Flugversuche‘ beim Fernsehen, wie es aussieht. Und als ich dort zum ersten Mal ankam – wieder der fast ehrfürchtige Satz von einem ‚West(!!!)‘-Chef: ‚Von da kommen Sie? Na, dann haben Sie Ihr Handwerk ja richtig gelernt.‘"

Liebe M., und daran hast Du einfach einen Anteil. Das muß mal so deutlich gesagt werden – wenn auch mit sieben Jahren Verspätung. (Früher war ich sicher auch nicht reif dafür.) Ich höre immer noch Deine journalistische Empfehlung, ‚querzudenken‘. Glaub´ mir: Das fällt mir im entscheidenden Moment einer Sendung heute noch ein, und es kommt wunderbar an! Ich möchte Dir einfach einmal sagen: Ich bin nicht stolz darauf, wie die Dinge gelaufen sind, wie wir sie in ihrem Lauf beeinflußt haben, damals, auf der bewußten Belegschaftsversammlung. Du weißt schon. Ich habe es nicht besser gewußt. Vergessen kann ich es nicht. Jeder neue ‚Chef‘, den ich erlebe, erinnert mich ja daran. Wenn ich die alle bekämpfen wollte, die mir nicht in den Kram passen ...

Dein Angebot an die Belegschaft habe ich noch im Ohr: ‚Wollen wir es nicht zusammen versuchen? Durch diese verrückte, unsichere Zeit zu kommen, unser Radio hindurchzuretten?‘ Wenn ich an meine Rolle von damals denke, dann komme ich mir vor wie ein naives Kind. Ein manipulierbares, bißchen größenwahnsinniges. Damals habe ich das natürlich ganz anders gesehen, revolutionär und so.

Das Nachdenken über all das ist für mich noch lange nicht zu Ende. Ich hoffe, daß ich lernfähig bleibe.

Mir begegnen einfach auch so viele lebenskluge Leute, die sich weigern, Vergangenheit schwarz/weiß zu betrachten. Da kann und will ich mich selber nicht ausnehmen."

Einen Monat später bekomme ich eine kurze Notiz von ihr als Antwort:

"Hallo, Clara!

Dein Anruf und Brief erreichten mich gerade mitten im Aufbruch. Daher nun diese Zeilen von irgendwo unterwegs. Ich habe mich gefreut über Deine Worte. Das tut gut. Und offenbar wolltest Du ja auch Gutes tun. Also – es wirkt!

Vielleicht ist für Dich interessant, wie meine erste Reaktion war, als ich vor dem Anrufbeantworter stand und Dich hörte. Die war: ‚Mein Gott, sie hat es sich nie leichtgemacht!'"So ist es.

Es ist schön zu lesen, daß Du offenbar festen Boden unter den Füßen hast – und eben in dem Beruf, den wir alle

---

letztendlich so sehr mögen. Alles Gute für Dich!"

Es ist in diesem Leben das Letzte, was ich von ihr hören werde. Ein Jahr später ist sie tot. Krebs.
Für mich geht das Leben weiter.

Von nun an läuft es so ab: Alle vier Wochen steige ich Montagfrüh in den Zug nach Waldstadt. Ankommen am Vormittag, mit Maskenbildnerin und Regisseur in die Boutique, die mich einkleidet. Das Outfit wird herausgesucht. Kostümchen in Pastellfarben, seriös und neckisch zugleich. Ich bin jedesmal froh, wenn die Prozedur vorüber ist und fühle mich, als hätte ich bereits einen vollständigen Arbeitstag hinter mir. Dann die Haare. Schnipp, schnapp, Farbe drauf und Haarspray der Marke *„bretthart".* Morgen Abend wird alles nochmal aufgefrischt werden. Dann in die Redaktion. Wenn die eigentliche kreative Denkarbeit beginnen soll, bin ich schon fix und fertig. Ausgelaugt von den Veränderungen an meiner Person. Aber ich bemühe mich, nicht auf das Unbehagen zu hören. Viel zu sehr <u>will</u> ich diesen Job. Will im Mittelpunkt stehen, will bekannt werden, will die Anerkennung von den Kollegen, über die Freunde, bis zu meinen Eltern haben.

Was ist nur dran an diesem Medium Fernsehen? Es scheint sich hartnäckig die Überzeugung zu halten: Du bist erst richtig „am Leben", wenn du mindestens einmal „im Fernsehen" warst. Gerade so, als nähmen die Menschen einander erst wirklich wahr, wenn sie sich auf der Mattscheibe begegnen. Dann bist du wer. Dann gibt es dich. Die Auswirkungen meines ersten, allerersten Fernsehauftritts waren schon umwerfend. Zwanzig Jahre Radio haben nicht annähernd das ausgelöst wie die fünfundvierzig Minuten, die auf Knopfdruck jeder im Land sehen konnte. *„Warst das du neulich?"*, höre ich auf einmal von allen Seiten. *„Habe ich dich nicht in dieser Sendung gesehen?"*, fragen Freunde aus dem Tanzkurs, langjährige Briefschreiberinnen, ehemalige Kollegen. Und schon fühle ich mich wichtiger als vorher. Bedeutsamer. Ein Teil von mir genießt es unsagbar, so im Rampenlicht zu sein.

Ganz leise erwacht ein schlimmer Verdacht: Füttert das nicht die Sucht in mir? Mein „Geliebter" räkelt sich aus tiefem Schlummer. Er wittert Morgenluft.

Die neue Arbeit hat ihre Schattenseiten. Nach der Sendung fühle ich mich oft wie eine Versagerin. Hungere nach Lob, weil in mir selbst keines ist. Allzu klar spüre ich das Unvollkommene, das Oberflächliche im Gespräch. Aber das Lob kommt immer, sei´s, um mich bei Laune zu halten, mich, die so eindeutig ausstrahlt, was sie am meisten braucht: Bestätigung. *„Mach dir keine Sorgen, es wirkt auf dem Bildschirm ganz anders, Clara!"* sagen sie zu mir. *„Schau dir das Video und die genialen Schnitte an!"*
Es stimmt: Alles wirkt völlig anders, wenn ich es mir ansehe. Und dennoch: Nie war ich so nackt. Die Kamera ist unbestechlich. Sie sieht jede Regung, jede Unsicherheit, jedes kleinste unbehagliche Gefühl, um das ich mich herummogeln wollte. Hier ist keine Lüge möglich. Wenn die Live-Sendung beginnt, geht ein gnadenloses Fenster zur Welt auf. Schattenloses Licht tastet mich ab, alles wird sichtbar. Ich kann mich nicht verstecken.
Als mir das klar ist, kommt die Angst. Ab jetzt betrachte ich diese Arbeit als Übung, als Psychotherapie, für die nicht ich bezahlen muß – jedenfalls nicht mit Geld – sondern für die ich bezahlt werde. Das Honorar wird mir schnell ungeheuer wichtig. Ich habe das Gefühl, ohne

diesen monatlichen warmen Regen kann ich nicht überleben. Wie habe ich das eigentlich früher geschafft?

Vor jeder Sendung habe ich wahnsinnige Angst. Ein Lampenfieber steigt in mir auf, das ich so noch nie gekannt habe. Ich gebe mir unendliche Mühe, damit zu leben, das Positive darin zu sehen, mich trotzdem zu entspannen. Ich versuche es mit Meditation, mit den Gesprächen in der Waldstädter Gruppe, mit Verharmlosungs-Mantras, die ich mir selbst ausdenke. Es hilft nichts: Jedesmal fühle ich mich, als müßte ich auf das Schafott. An Essen ist nicht zu denken am Tag der Sendung und an Schlaf nicht in der Nacht davor. Einmal rufe ich gegen Morgen – heulend im Hotelbett – die Seelsorge an. Eine göttliche Frau hört mir zu. Zum Schluß sagt sie: *„Aber es muß Ihnen doch auch irgendwie Spaß machen, sonst würden Sie das doch gar nicht tun!"* – Macht es mir Spaß?
So unglaublich es auch klingen mag, ich kann diese einfache Frage nicht beantworten.
Was treibt mich? Spaß ist es nicht. Die innere Stimme, die mir wieder sagt: *„Du willst etwas beweisen, wie immer!"*, die mag ich nicht hören. Übernächtigt schleppe ich mich durch einen weiteren Waldstadt-Tag, sitze abends mit rasender Migräne, aber schöngeschminkt, frisiert und angezogen bei den Licht-, Ton-, Aufnahmeproben. Wieder einmal habe ich es geschafft.
Augen auf – und durch.
Was mich nicht umbringt, macht mich stärker.
Stärker?
Ich werde immer abhängiger von äußerem Lob. Weil ich es in mir selbst nicht fühle, muß es von außen kommen. Und es kommt. Also muß ich weitermachen. Ich würde diese Chance, wie ich sie verstehe, niemals aus eigenem Antrieb aufgeben. Nie!

Zu wohl tun mir die Reaktionen: *„Daß du das kannst, ich könnte das nicht!", „Gut hast du wieder ausgesehen!", „Wer hätte dir diesen Mut zugetraut, ich bewundere dich!"* Ich schlürfe diesen Nektar, und mein erwachender Geliebter beginnt zu lächeln.

Einmal stehe ich, schon fertig verkabelt, im Scheinwerferlicht. Probe vor der Sendung. Ein Mann kommt auf mich zu, den ich noch nie gesehen habe. Kommt auf mich zu, ohne Gruß, ohne mir in die Augen zu sehen. Er öffnet den obersten Knopf meiner Bluse, tippt mit dem Finger auf meine Hühnerbrust. *„Hier müßte nochmal überpudert werden!",* ruft er laut zu irgendwem nach hinten. Ich reiche ihm die Hand: *„Übrigens – Clara Felder, mein Name ..."* Er sieht mich verwirrt an und rauscht ab.
Das ist es, womit ich kaum leben kann. Die Moderatorin, degradiert zum Material. Zum Mikrofonständer, zum Objekt der Begierde, das ausgeleuchtet, angeschnallt, bemalt werden muß. Kein Mensch mehr mit Gefühlen, sondern ein Ding – *„Selbst schuld, was macht sie diesen Job!"* – das angeherrscht wird: *„Lauter sprechen! Noch lauter! Beine bitte in einem Winkel von fünfundvierzig Grad halten! Rücken exakt an die Lehne kleben! Am besten immer einen Millimeter am Gesprächspartner vorbeischauen, so kriegen die Kameras die besten Schüsse ..."* – Wie stark muß jemand sein, um in diesem Zirkus als Mensch er/sie selbst zu bleiben! Doch genau darauf kommt es an.
Die Zuschauer wollen lockere, entspannte Leute auf dem Bildschirm sehen, ich ja schließlich auch. Dazu gehört viel Selbstbewußtsein, große Stärke. Ich halte mich für stark, aber ich bin es noch lange, lange nicht.

Mein jungenhafter Chefsoldat gibt sich mit mir alle Mühe. Er ahnt die Weichheit, hat er sie doch selbst in sich. Er weiß aber auch gerade deshalb sehr genau, wie wenig zuviel Sensibilität in diesem Geschäft weiterbringt.

Nach einem gemeinsamen Jahr verläßt er diese Redaktion, erklettert eine neue Karrierestufe mit noch mehr Geld und großen Möglichkeiten.

Er kommt ins nächste *level*.

Der Neue nach ihm ist noch jünger. Er sieht aus, als sei er schon sein ganzes Leben lang Mitte vierzig gewesen und nur noch nicht dort, in seinem wahren Alter, angekommen. Auch für ihn ist die Arbeit ein Sprungbrett, auf das er gerne steigt. Ich bemühe mich, es ihm rechtzumachen, so gut ich kann. Wie mit dem Vorgänger gibt es Streit und Annäherung.

Ich bin zwar willig, aber auch nicht ganz pflegeleicht. Bis zum Schluß habe ich mich wenigstens nicht blondieren lassen. (Fernsehfrauen sind idealerweise blond, das macht einen strahlenden, optimistischen Grundeindruck schon beim Einschalten!) Das freut mich heute noch.

Es geht noch ein ganzes Jahr so weiter.

Ich gebe mein Bestes, lasse mich loben, anstaunen, von Schlipsträgern hoher Gehaltsklassen belächeln, komme immer wieder. Mit der Zeit läßt das Lampenfieber ein wenig nach. Ich kann jetzt schon manchmal schlafen und feste Nahrung zu mir nehmen am Tag der Sendung. Noch immer wird getrunken vor und nach der Sendung, noch immer bin ich die Einzige in der Runde, die sich an Tonic und Selters hält.

Ich halte fest an dieser Aufgabe. Seit zwei Jahren ist es jetzt „meine" Sendung, für die ich mein Gesicht hinhalte, meinen Körper, mein Wesen. Ich denke nun, ich bin unaustauschbar. Ich halte fest.

Und dann geschieht das Unglaubliche: Was ich so festhalte mit Zähnen und Klauen, das wird mir weggenommen. Von einem Tag auf den anderen.

Gerade haben wir für das dritte Jahr ein stolzes Honorar vereinbart, der ewige Mittvierziger und ich. Aufgrund meiner Leistungen, an die ich nun schon selber glaube, bekomme ich mehr Geld. Alles ist abgesprochen, für die nächsten zwölf Monate. Ich steige auf in mein nächstes *level* und finde das alles bereits ganz normal.

Da meldet sich mein Chef überraschend bei mir an, es ist ein Tag vor Silvester.

Er verschüttet meinen Kaffee, so sehr zittert er.

Dann die Offenbarung: Über Weihnachten habe er das Konzept der Sendung verändern müssen, ein anderes Gesicht passe besser dazu als meines.

Ich bin 'raus!

Kein Wort von unserer Vereinbarung gilt mehr. Bin ich zu teuer geworden? Das sei nicht der Grund. Und ich solle auch nicht an meinen Fähigkeiten zweifeln, es habe nichts mit mir zu tun. So ist nun mal das Geschäft.

Ich bin sprachlos, es laufen auf einmal Tränen. Er habe gewußt, sagt der Nicht-Mehr-Chef, daß ich auf seine Verkündigung „übersensibel" reagieren werde. „*Was heißt hier übersensibel!*", empöre ich mich. Ob er das vielleicht normal und menschlich finde, so von heute auf morgen jemanden 'rauszuschmeißen. Aber ein Teil von mir resigniert schon. Ich kenne ja die Zeiten. Ich kenne die Methoden und die Hintergründe. Ich bin ja nicht die Einzige, mit der so umgegangen wird.

Die Welt ist noch immer nicht so, wie ich sie gerne hätte. Nicht so harmonisch, nicht so friedlich, nicht so liebevoll. Aber heute muß ich deswegen nicht mehr flüchten. Mein zerstörerischer Geliebter hat seufzend die Augen wieder geschlossen, ist wieder eingeschlafen.

So anstrengend und aufreibend diese Erfahrung auch war, ich habe mich ihr bei vollem Bewußtsein und lebendigen Leibe gestellt, ich habe nicht wieder trinken müssen.

Als er weg war, der ewige Mittvierziger, bin ich R. heulend in die Arme gefallen und anschließend in die nächste Gruppe gegangen. Die Freunde haben mich aufgefangen.

In der Silvesternacht löste sich ein innerer Felsen. Mitten unter den Menschen stand ich einsam da, sah zum Himmel, zum Feuerwerk, und die Tränen liefen mir übers Gesicht. „Worin liegt hier der Sinn?", fragte ich mich traurig. „Warum ist mir das weggenommen worden?"
Weil ich es wider besseres Wissen von selbst nie losgelassen hätte, darum.

Wie soll es nun weitergehen? Was werde ich jetzt arbeiten? Werde ich wieder in der Bedeutungslosigkeit versinken? Wovon werde ich meine Miete bezahlen? Gerade jetzt haben wir unsere Wohnung vergrößert, mittels eines Durchbruchs in der Wand fast hundertvierzig Quadratmeter zusammengelegt. Ein Durchbruch auch in unserer Liebe, ein Zeichen des gewachsenen Vertrauens. Ohne Wenn und Aber machen wir gemeinsame Sache. Das finde ich wunderschön, aber woher soll das nötige Geld dafür kommen?
Jeden Abend bitte ich um Antwort auf diese Fragen.
Aber geantwortet wird mir nicht sofort und schon gar nicht auf eine Weise, die ich mir vorstelle.
Alles braucht Zeit, viel Zeit – und Geduld, die ich nicht habe. Die ich aber üben muß, wenn ich gesundbleiben will.
Mit der Zeit verstehe ich, daß ich aus dem Fernseh-Rampenlicht weggerückt bin zu etwas viel Wichtigerem: dem Mittelpunkt meines eigenen Lebens.

Was heißt hier *„zurück in der Bedeutungslosigkeit!"*
Ob ich mir selbst etwas bedeute, das ist nicht von
Äußerem abhängig.

Wieder sind zwei Jahre vergangen, und ich war noch nie
so glücklich und zufrieden wie heute.
Ich bin ganz nahe bei mir. Bei mir selber angekommen.
Vielleicht habe ich den Beinahe-Ruhm gebraucht und
sein jähes Ende, um genau das zu sehen.
Jetzt bin ich wieder mit wenig zufrieden.
Ankommen im Alltag, ankommen bei mir selbst.

Ich will mir Zeit lassen, und wo mir diese Geduld fehlt,
kommt die Quittung sofort: Wo ich auch versuche, mich
mit Video-Kassette zu bewerben, vielleicht für einen
neuen Fernseh-Job, kommt eine Absage. Also bemühe
ich mich, die Dinge anzunehmen, wie sie sind. Wie ich
sie sowieso nicht ändern kann.
Auf einmal habe ich Zeit. Viel Zeit für die Liebe, für
meine heranwachsenden Kinder, für mich selbst.
Für wenig Geld mache ich Stundensendungen bei einem
Radiosender, zum Glück habe ich diese Verbindung nie
einschlafen lassen. Ganz in Ruhe arbeite ich vor mich
hin. Ohne Druck, ohne Streß.
Es geht mir richtig gut in diesem neuen Leben.
Natürlich sehe ich mir jede Sendung an, beim ersten Mal
tut es noch sehr weh.
Ich kann einfach nicht aufhören, Anteil zu nehmen, zu
sehr war ich mit dieser Aufgabe verbunden. Am Tag
danach zappe ich sogar in den Videotext und schiele nach
den Einschaltquoten. Futter für mein Leid, Futter für
meine Schadenfreude. Ich gönne mir beides.

Und wie immer in meinem neuen Leben, „finden" mich
genau die richtigen Bücher.

Janet Luhrs, „Lebe einfacher"

„Einfach zu leben, das bedeutet, bewußt zu leben. Das ist alles. Sie entscheiden selbst, wie Sie leben, anstatt wie von einem Autopiloten gesteuert durchs Leben zu gehen. Ob Sie im Wald oder in der Stadt leben, Teppichreiniger oder Ärztin sind, das alles spielt keine Rolle. (...) Wie auch immer: Wir entscheiden uns bewußt. Die Dinge ‚geschehen' nicht einfach. Einfach zu leben, das bedeutet, bewußte, überlegte Entscheidungen zu fällen. Wichtig ist, daß Sie wissen, warum Sie Ihr Leben so führen, wie Sie es führen, und daß Sie sich bewußt für diese Art des Lebens entschieden haben."

Mein Kommentar dazu im Tagebuch

„Es ist schon bemerkenswert, daß immer wieder Menschen auf ganz unterschiedlichen Wegen zu solchen tiefen Erkenntnissen kommen. Damals, in der DDR, hätte ich wahrscheinlich auch geschworen, ich lebe bewußt. Und an den endlosen Vor- und Nachmittagen mit unzähligen Flaschen in meinem Bett, da hätte ich wahrscheinlich auch geschworen, daß ich gerade an meiner übergroßen Empfindsamkeit und Bewußtheit zerbreche. Aber was für ein Unterschied war das zum Heute!!
Im Moment, an diesem Punkt meines Lebens, wo offenbar eine nächste Entwicklungsstufe fällig ist, melden sich neue Lebensfreude, aber auch Unbehagen und Ängste. Die Verantwortung für eine größere Wohnung, die mehr Geld und Mühe kostet, die Verantwortung für meinen Lebens- und Arbeitsstil, ohne noch länger Anderen ‚etwas' zu beweisen! Und doch heiße ich alles zusammen willkommen, ich habe mich jetzt – vielleicht zum allerersten Mal – bewußt für einen Weg entschieden und finde die nächsten Schritte – in aller Ruhe – gut.
Gegen die Ängste hilft nur Vertrauen. Nachträgliches Urvertrauen. Oder so ..."

Was ist seitdem geschehen?

Eines Nachmittags esse ich ein Eis und lese Zeitung. Da klingelt das Telefon. Die Fernsehleute aus Waldstadt sind dran. Ob ich schnell kommen könne, zur Co-Moderation, schon in fünf Tagen?

Mir bleibt fast mein Eis im Halse stecken. Dann lache ich, als ich antworte: *„Überlegt euch, ob ihr mich wirklich wiederhaben wollt. Ob ich will, darüber denke ich ab dem Augenblick nach, in dem ich ein schriftliches Angebot aus meinem Briefkasten ziehe. So, wie das unter Kollegen üblich sein sollte.“*

Es kam nie eines. Ich war nie unglücklich darüber.

Dafür kam noch ein Goethe- und Christiane-Buch als Abschiedsgeschenk von der gesamten Redaktion. Eine Frau hat sich nicht daran beteiligt. Am Telefon sagte sie mir: *„Ich will doch keine Blumen aufs Grab legen!“* *„Wieso?“*, denke ich, *„Bin ich etwa tot, nur weil ich nun nicht mehr ‚im Fernsehen‘ komme?“*

Meine Lieblingskollegin und ich, wir haben uns einen Traum erfüllt und in einem Buch unsere schönsten Radiosendungen zusammengefaßt.

Das Geld hat bis heute immer gereicht, für die Miete unserer schönen, großen Wohnung, in der jeder Erwachsene und jeder Jugendliche ein eigenes Zimmer hat.

Unser Familien-Grundprinzip ist Ehrlichkeit. Irgendwann mußte ich vor meinen Kindern Farbe bekennen, und zwar nicht, wenn *mir* danach war, sondern, wenn *sie* so entschieden und gefragt haben.

Wir haben einander erlaubt, alles auf den Tisch zu legen. Sie *ihre* Erinnerungen und Gefühle, ich *meine*.

Auch, wenn die bösen Erinnerungen mir manchmal verflucht weh getan haben. Es mußte sein.

Mein Vater ist weißhaarig geworden – aus Sorge um mich in meiner schlimmsten Zeit, wie er sagt.

Aber es steht ihm gut.

Am liebsten höre ich von ihm den Satz: „Es ist eine Freude, dich so zu sehen. Eine völlig andere Frau als früher."

Meine Mutter hat vor einigen Jahren wieder zu malen begonnen. Überall in unseren Wohnungen hängen schon ihre bunten, fröhlichen Bilder.

Wir führen oft „künstlerische" Gespräche über das Fließen der Kreativität – und daß wir sie nicht erzwingen können, sondern respektieren müssen.

Meine Schwester hat sich auch einen Herzenstraum erfüllt, sie ist Trainerin geworden. Für ihre sportliche Natur genau das Richtige.

Außerdem hat sie ein drittes Kind bekommen, einen Neffen, der mich nur lebendig kennt, „trocken".

So ist es auch mit meinen Nachbarn im Haus.

Die Einen sind ausgezogen, Neue kamen herein. Die mich grüßen und um Hilfe bitten, wenn Blumen zu gießen sind oder Haustiere zu betreuen.

Sie kennen mich nur so, wie ich heute bin. Laute Schreckensnächte gibt es nicht mehr in meiner Wohnung.

R. kommt manchmal mit in die Gruppen und lebt meinen Weg aus vollem Herzen mit. Wir streiten, führen herzzerreißende Partnerschaftsverbesserungsgespräche und raufen uns zusammen, so gut es geht.

Es ist schön, so einen Mann an meiner Seite zu haben.

F., mein Exmann, hat acht Jahre lang nichts von sich hören lassen. Dann nahm er zaghaft den Kontakt wieder auf. Heute besucht er ab und zu unsere Kinder.

Für mich ist der Abstand besser. Das schlechte Gewissen ihm gegenüber hat zwar nachgelassen, aber seine Gegenwart belastet mich immer noch. Als hätte ich sein Leben zerstört.

Aber soviel Macht kann ein einzelner Mensch, eine Frau, doch gar nicht haben. Unsere Trennung ist jetzt mehr als zehn Jahre her, und all die Analyse, die Psycho-Zergliederung haben einen Rest Unbehagens nicht auflösen können. Wo mag das herkommen?

Wir haben einander nicht viel zu sagen.

„Den neuen Weg hätte ich nie mit dir gehen können", hat er mir einmal erklärt. *„Gruppen und diese Offenbarungen wären für mich undenkbar."*

Ich muß ihn nicht verändern, am besten lasse ich es, wie es ist.

Ich habe seit sechs Jahren nicht mehr getrunken, und alles, was ich darüber heute sagen kann, ist:

In dieser Krankheit steckt eine Riesen-Chance.

Sie muß beileibe nicht das Ende sein – sie kann ein neuer Anfang werden.

Müssen wir erst sterben, um zu leben?

Ich glaube, ich mußte es.

Um jetzt zu wissen: Es gibt sie, die Umkehr.

Wir können wirklich wieder heilwerden.